Stefan Wolf

100 Stunden Todesangst

Pelikan

ISBN 3-8144-1115-3

Gesamtherstellung und Textredaktion:
Egon Fein, f-press, München
Umschlag-Gestaltung und Text-Illustration:
Reiner Stolte, München
Graphische Gestaltung: Heinrich Gorissen, München
Gesamtherstellung: Clausen & Bosse, Leck
Printed in Germany

15 14 13 12 11 10 9 8 7 6 5 4 3

Inhalt

TOM
wird nur so genannt, weil er sich über seinen echten Namen grün und blau ärgert. Er heißt nämlich Engelbert, mit Nachnamen Conradi, nach einem Großvater von Mutters Seite so benannt. Aber Tom paßt nun mal besser zu einem athletisch gebauten, großen Jungen, der auch noch perfekt in Karate ist, der waffenlosen japanischen Kampfkunst. Er geht in die 10. Klasse desselben Gymnasiums wie Locke. Alle mögen den blonden Jungen. Und das nicht nur wegen seines offenen, sympathischen Gesichts, sondern weil er – genau wie Locke – ein echter hilfsbereiter Kumpel ist, immer zur Stelle, wenn's um eine gute Tat geht. Er drängt sich selbst nie vor, sondern läßt sich zumeist – und das nur zu gern – von Lockes Unternehmungsgeist mitreißen. Denn er und Locke – naja, die sind nun mal unzertrennlich. Noch ein unverwechselbares Kennzeichen hat der knapp 16jährige: ein tiefblaues und ein grünes Auge. Tom lebt bei seiner Mutter Helga, einer Tierärztin. Seinen Vater hat er schon vor Jahren verloren.

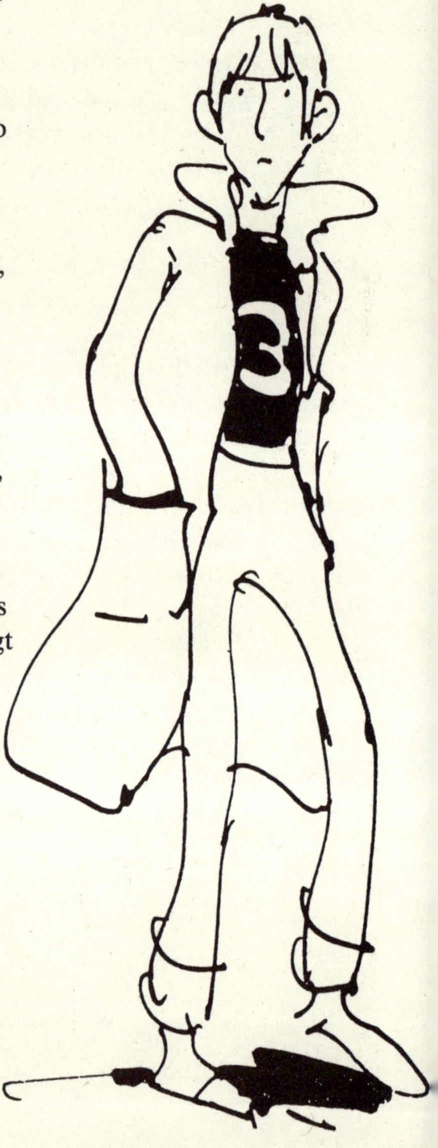

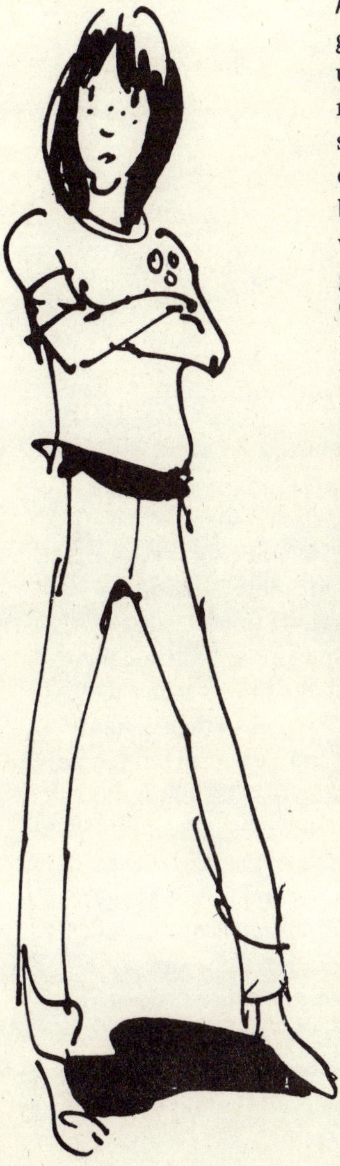

LOCKE
hat diesen Spitznamen, weil sie *keine* Locken hat. Oder besser gesagt: nur ganz, ganz wenige, und das auch erst seit vier Jahren. Dabei war es ihr sehnlichster Wunsch als Kind gewesen, den Kopf voller Locken zu haben. Nina Rehm, wie Locke wirklich heißt, ist noch nicht ganz 15 Jahre alt, geht in die 9. Klasse des Gymnasiums und kurvt mit Vorliebe auf ihrem Mofa durch die Gegend. Wenn's das Wetter zuläßt, trägt sie dabei einen wagenradgroßen Strohhut. Weiterer Steckbrief: Groß, schlank mit langen Beinen, langes, kastanienbraunes Haar, nußbraune Haut, schmales Gesicht mit dunklen Augen und einem schön geschwungenen Mund. Locke ist ein „Temperamentsbolzen", sie hat mehr Unternehmungsgeist als zehn Jungens. Eine typische „Macherin", aber trotzdem durch und durch weiblich. Sie will immer und überall helfen – Menschen und Tieren. Locke lebt mit ihrem Vater Gunter und Bruder Mike zusammen. Die Ehe ihrer Eltern wurde geschieden. Ihre Mutter – eine Französin – wohnt heute in Paris.

GUNTER REHM
ist Lockes Vater, 44 Jahre alt und Lokalredakteur bei der größten Tageszeitung seiner Heimatstadt, einer ansehnlichen Großstadt mit Straßenbahn, vielen Buslinien, U-Bahn, mehreren Autobahn-Zubringern und einem Bundesliga-Verein. Der großgewachsene, etwas hagere Journalist deckt mit Vorliebe Mißstände auf und gilt deshalb bei allen, die keine reine Weste haben, als unbequem. Er kennt das Geschehen in der Stadt ganz genau, weil er es täglich hautnah erlebt. Gunter Rehm hat ein prima Verhältnis zu seinen Kindern Locke und Mike, malt in seiner Freizeit gern Porträts und spielt Tennis wie ein Meister. Seine liebste Partnerin: Dr. Helga Conradi. Aber das nicht nur auf dem Tennisplatz. Madeleine, seine einstige Frau, Lockes und Mikes Mutter, ist nach kurzer Ehe in ihre Heimat Frankreich zurückgekehrt. Sie hatten ganz einfach zu jung geheiratet, ohne sich so richtig gekannt und zueinander gepaßt zu haben. Als sie dies einsahen, trennten sie sich, aber sie waren einander deshalb nicht gram. Madeleine, die eher ein unabhängiges Leben bevorzugte, überließ die Kinder ihrem Mann.

MIKE
könnte die Mädchen reihenweise um den Finger wickeln, wenn er wollte, und tatsächlich hat der Sonnyboy auch mehr als eine Freundin. Er heißt Michael Rehm, ist 19, Lockes großer Bruder, und er geht in die Abiturklasse. Nebenher schreibt er als freier Mitarbeiter für die lokale Tageszeitung. Vater Gunter Rehm ist sein großes Vorbild. Hobby: Fußballspielen, und zwar als Libero beim FC Eintracht. Der gutaussehende, breitschultrige Frauentyp Mike hat die braunen Haare und grünen Augen seiner fast schon vergessenen französischen Mutter. Mit Charme und spitzbübischem Lächeln kann er jeden Gegner entwaffnen, aber auch durch mitunter erstaunliche Beharrlichkeit (manche behaupten freilich, Mike habe einen Dickschädel) zur Verzweiflung bringen. Mike ist alt genug, um zu verstehen, daß weder Vater noch Mutter am Scheitern ihrer ebenso kurzen wie unüberlegten Ehe schuld waren.

DR. HELGA CONRADI
ist Toms Mutter, von Beruf Tierärztin – bei ihren vierbeinigen Patienten und deren Frauchen beliebt, von den Herrchen bewundert und verehrt. Ist auch kein Wunder, denn Helga sieht mit ihren 42 Jahren höchstens wie eine Dreißigerin aus: Blaue Augen, lange goldblonde Haare, schmales, ebenmäßiges Gesicht. Wirklich eine sehr attraktive Frau, und dazu auch noch überaus sportlich, was ihre schlanke Figur bestätigt. Beim Tennis gewinnt sie ab und zu sogar gegen Gunter Rehm einen Satz. Ihr Mann ist an einem heimtückischen Leiden gestorben, als Helga noch keine 30 war. Tom kann sich kaum an seinen Vater erinnern. Der Dritte in ihrer Familie ist der treue Nicki, eine ebenso lustige wie wachsame Mischung aus Boxer und Wolfshund.

OMA
wird Elisabeth Rehm von allen genannt. Sie ist 72 Jahre alt, Gunter Rehms Mutter, und sie lebt allein in einem hübschen, verwinkelten Häuschem im Grünen, mit einem großen Garten und geradezu riesenhaften Sonnenblumen. Birkenrode heißt Omas Wohnort. Er liegt ein bißchen außerhalb der Stadt, aber nah genug, damit es für Locke und Tom zu häufigen Besuchen reicht. Und darauf freut Oma Rehm sich natürlich. Nicht nur, weil sie ihre Enkelin und deren Freund gern mag, sondern auch ein wenig deshalb, weil die beiden jungen Leute ihr stets helfend beistehen. Ihr Mann, ein Lehrer, ist vor zwei Jahren gestorben. Jetzt ist „Frau Holle“ die Gesellschafterin der liebenswerten weißhaarigen Dame, eine ebenso betagte Katzenmutter, die Elisabeth Rehms alte Tage getreulich teilt.

Stefan Wolf

Locke und Tom greifen ein

Hundejäger töten leise
Terror durch den heißen Draht
Giftalarm am Rosenweg
Die Fußball-Oma darf nicht sterben
Flammen um Mitternacht
Überfall nach Ladenschluß
Der Mann mit den tausend Gesichtern
Aufruhr in der Unterwelt
Die Nacht am schwarzen Grab
Der Feind aus dem Dunkeln
Die Bande des Schreckens
Straßenräuber unter Palmen
Die Unheimlichen
Im Geisterschloß der Menschenhändler
100 Stunden Todesangst

1. Wenn die Oma nicht wäre ...

Man schrieb noch November, aber der Schnee fiel in dicken Flocken, und die Landschaft um Birkenrode war überzuckert mit makellosem Weiß.

Fluchend fuhr Tom zum dritten Mal die Dorfstraße ab.

Auch hier alles weiß. Das hieß: Es bestand wenig Aussicht, daß er den verlorenen Briefumschlag fand.

Er starrte zu Boden. Allmählich tränten ihm die Augen: das grüne wie das blaue. Sein Motorroller röhrte im Schleichschritt. Hin und wieder rutschten die Reifen.

Einmal hielt er an, weil er meinte ...

Nein, nichts! Scheibenkleister, elender!

Wie nur, überlegte er, war ihm der verdammte Umschlag aus der Tasche gerutscht? Na, wie! Weil er ihn nicht tief genug reingeschoben hatte, vermutlich. War ja jetzt auch völlig egal. Nur eins zählte: der Verlust.

Es war Freitagnachmittag. Hier draußen – im stadtnahen Dorf – eine stille Stunde.

Die Bewohner zogen die Gemütlichkeit ihrer Häuser dem Schneetreiben vor. Abseits der Dorfstraße muhten Kühe in ihren Ställen. Nur wenige Fahrzeuge zerackerten die frische Schneeschicht auf der Fahrbahn.

Dennoch – Toms Briefumschlag blieb verschwunden.

Hatte ihn jemand gefunden? Und behalten? Wegen des Inhalts. Oder war er zugeschneit?

Die Vernunft gebot, mit dem Suchen aufzuhören. Aber Tom war niedergeschlagen bis in die Knochen.

Wie sollte er die Sache geradebügeln? Peinlich, peinlich!

Zur Oma – zu Lockes Oma Elisabeth Rehm, die hier am Dorfrand wohnte, zusammen mit ihrer Katze – zur Oma, also, wäre er lieber mit frohem Sinn gefahren. Statt mit diesem Ärger-Sorge-Trübsal-Gemisch.

Er hielt vor dem Grundstück und schob seinen funkelnagelneuen Roller auf die Raststütze.

Die Wiese hinter Omas Häuschen war jetzt ein Leichentuch. Drüben beim Wald hockten Krähen unter den Bäumen. Durch die schneeschwere Luft drang ihr Krächzen nicht weit.

Tom trat durch die Gartenpforte.

Nur Katzenpfoten zeichneten sich im Schnee ab. An einer geschützten Stelle unter dem verwinkelten Dach hatte Oma zwei Vogelhäuser aufgestellt. In den Bäumen hingen Meisenringe und Fettkugeln.

Sie hatte ihn durchs Fenster gesehen und stand schon an der Tür. Ihr gütiges Gesicht strahlte.

„Na, Tom! Bei dem Wetter ... Schlimm so was! Komm rein, mein Junge! Ist auch nicht mehr wie in meiner Jugend. Da war der November ein Herbstmonat und nicht fürs Skifahren gemacht."

Tom lächelte, umarmte sie und ließ gleich wieder die Mundwinkel hängen.

Während er in der Diele seine Windjacke an die Garderobe hängte, sah ihn Oma Rehm von der Seite an.

„Bist du erkältet?"

„Nö. Schnupfen kenne ich kaum. Bin ja abgehärtet, Oma, weil ich jeden Morgen kalt dusche. Und das liebe Mütterchen, die Tierärztin, meint immer, Wasserbüffel erkälten sich nicht."

Im gemütlichen Wohnzimmer dampfte die Teekanne. Selbstgebackenes Brot und selbstgemachtes Pflaumenmus standen bereit. Oma hatte Tom erwartet. Sah sie in ihm doch ihr drittes Enkelkind, obwohl verwandtschaftliche Bande nicht bestanden.

„Nun mal raus mit der Sprache, Tom. Dich bedrückt was. Das merke ich."

Sie saßen am Tisch. Tom schnupperte an seinem Tee.

„Ceylon-Tee! Den mag ich. Es ist so, Oma: Ich habe zwei Sachen miteinander verbunden. Den Besuch bei dir. Und ... Also, bei der Gelegenheit bin ich auch gleich bei Herrn Lilienhahn gewesen. Kennst du, ja? Er ist engagierter Tierfreund. Und Mitglied im Städtischen Tierschutzverein. Letzte Woche

hat er hier in Birkenrode die Sammlung durchgeführt. Und sage und schreibe 637,80 Mark eingenommen."

Oma Rehm nickte. „Lilienhahn war auch bei mir. Der setzt sich wirklich ein und scheut kein Wetter. Er wohnt vorn an der Dorfstraße."

„Helga", Tom sprach von seiner Mutter, „ist ja nicht nur im Vorstand, sondern verwaltet zur Zeit auch die Kasse. Mich hat sie beauftragt, die Einnahmen der Sammlung bei Lilienhahn abzuholen. Habe ich gemacht. Und den Empfang des Geldes quittiert. Tja, und jetzt ist es weg."

„Weg?"

„Verloren."

„O Gott! Alles?"

„Das Geld war in einem weißen Kuvert. Das ist mir irgendwo aus der Tasche gefallen. Gesucht habe ich wie ein Blöder. Aber es ist wohl im Schnee begraben. Oder ein anderer war schneller."

Omas Brot duftete. Die Rinde war besonders krustig. Oma bestrich eine Scheibe mit Butter und Pflaumenmus.

„Und nun, Tom?" Sie legte das Brot auf seinen Teller. „Du bist für das Geld verantwortlich."

„Das ist es ja. Ich muß es ersetzen. Teurer Spaß – das!"

„Hast du 637 Mark auf deinem Sparbuch?"

Tom grinste. „Gehabt. Jetzt habe ich einen neuen Motorroller. In dem steckt jede Mark. Ich bin völlig blank. Mütterchen Helga wird begeistert sein, wenn ich Taschengeld-Vorschuß nehme bis nächsten November. Großzügig ist sie ja enorm. Aber sie haßt es, wenn ich – statt Verantwortung zu buckeln, an derselben rumschludere. Geschieht dir recht – wird sie sagen. Und hat leider recht."

Eine weiße Strähne von Omas hochgestecktem Haar hatte sich selbständig gemacht. Sie wurde eingefangen mit dem Kämmchen.

„Ich werde mich im Dorf umhören, Tom. Vielleicht hat jemand das Geld gefunden."

„Da habe ich wenig Hoffnung – was den ehrlichen Finder betrifft. Aber das Brot, Oma, ist phantastisch. Und das Pflaumenmus super. Ich schaff' noch eins. “

Diesmal bediente er sich selbst. „Wie ist das nun mit deinem Besuch?“ fragte er.

„Du kennst meine Freundin noch nicht. Eugenie von Hauch. Wir sind zusammen zur Schule gegangen und haben uns während des langen Lebens nicht aus den Augen verloren. Eugenie trifft heute abend mit dem Zug ein: im Hauptbahnhof der Stadt. Leider ist sie nicht ganz gesund. Herzleidend. Und außerdem ängstlich. Deshalb, Tom, wollte ich dich bitten, Eugenie vom Zug abzuholen. Und im Taxi hierher zu bringen. Sie braucht einen starken Mann für ihr Gepäck. Zwei Wochen wird sie bleiben. Ich freue mich riesig. Natürlich könnte sie auch allein mit dem Taxi herkommen. Aber zum einen, wie gesagt, ist sie ängstlich und ein bißchen hilflos. Zum andern finde ich es viel netter, wenn sie am Bahnhof empfangen wird. Ich kann's leider nicht. Mein Knie macht wieder Schwierigkeiten. Du könntest dann mit dem Taxi zurückfahren. Und verlierst nicht zuviel Zeit.“

„Zeit habe ich genug. Mache ich gern.“

„Es ist eine Freude, immer wieder festzustellen, wie hilfsbereit ihr seid: du und Locke. Trotzdem muß ich mich jedesmal überwinden, wenn ich euch um etwas bitte. Weil viele Jugendliche leider nicht sehr gefällig sind, hat man dann als alter Mensch Hemmungen. Eigentlich wollte ich Georg Lehmann, den Einsiedler, bitten, Eugenie abzuholen. Aber der alte Georg hat ja noch mehr Gebrechen als ich.“

Tom kannte den Alten, der ganz allein mit seinem Mischlingshund Alf auf einem entlegenen Bauernhof lebte. In den Dörfern ringsum wurde er nur ‚der Einsiedler‘ genannt.

„Geht's ihm nicht gut?“ fragte Tom.

„Naja. Er wird nicht jünger. Zu mir hat er neulich gesagt, daß er und Alf sich im Alter immer mehr ähneln. Sie haben sogar die gleichen Wehwehchen. Alf ist jetzt zwölf.“

„Kümmert sich seine Tochter Julia um Lehmann?“

„Ganz rührend sogar. Aber sie hat einen Freund, mit dem sie zusammenlebt. Außerdem arbeitet sie als Bankkauffrau. Da bleibt nicht viel Zeit für den Vater.“

Tom lächelte verschmitzt. „Also, Oma, deine Musbrote haben mich regelrecht aufgerichtet. Mir geht's schon viel besser. Ein Brot esse ich noch. Dann zische ich los. Will Locke noch treffen. Daß ich's nicht vergesse: Mit welchem Zug kommt Eugenie von Hauch?“

„Mit dem Intercity um 21.05 Uhr.“

Während sich Tom die nächste Portion gesunder Alternativ-Kost reinzog, verließ Oma das Wohnzimmer.

Es dauerte eine Weile, bis sie zurückkam.

Tom hatte sich bereits die Mundwinkel geleckt.

„So, das wäre es.“

Sie legte einen verschlossenen Briefumschlag auf den Tisch.

„21.05 Uhr“, sagte Tom. „Das merke ich mir. Hättest du nicht aufzuschreiben brauchen.“

„Habe ich auch nicht. In dem Umschlag ist das Geld.“

„Was für ... o nein! Kommt nicht in Frage, Oma! Auf gar keinen Fall.“

„Ruhe!“ gebot sie. Und ihre liebevollen Augen blinzelten hinter den Brillengläsern. „Ich könnte deine Großmutter sein, Engelbert Conradi. Und wenn mein Sohn Gunter deine liebe Mutter heiratet, dann bin ich's auch. Großmüttern widerspricht man nicht.“

Völlig verdattert schüttelte Tom den Kopf. „Unmöglich, Oma! Das geht nicht. Du hast nur deine Rente und keine Millionen im Sparstrumpf. Ich versaubeutele das Geld. Also stehe ich dafür ein und ...“

„... nimmst dieses hier von mir. Es sind genau 637,80 Mark. Ich hatte es passend. Und aufgerundet habe ich nicht, denn Schusseligkeit muß nicht noch belohnt werden. Andererseits kann jedem passieren, was dir passiert ist. Wenn das Geld im Frühjahr zur Schneeschmelze auftaucht, ist es nur noch Papierbrei – und die Münzen sind verrostet. Das müssen wir also abschreiben. An den ehrlichen Finder glaube ich leider auch nicht. Neuerdings gibt's sogar Diebe im Dorf. Was meine Rente betrifft – die ist reichlich bemessen. Also nimm's."

Er war so gerührt, daß er schlucken mußte.

Schon lange nicht mehr war Oma von einem jungen Mann so herzlich umarmt worden.

„Während der Weihnachtsferien", meinte er, „will ich sowieso jobben. Dann zahle ich's dir zurück."

„Das Geld ist ein Geschenk. Aber das bleibt unser Geheimnis, nicht wahr? "

„Vor Locke habe ich eigentlich keine Geheimnisse."

„Meinen Liebling habe ich auch nicht gemeint. Ihr kannst, mußt du's erzählen. Aber nicht meinem Sohn oder deiner Mutter. Sonst muß ich mir anhören, daß ich dich verziehe."

Tom lachte. „Das sei dir erspart. Gunter und Helga leiden – wenn sie nervös sind – an einem Schlüsselkind-Schuldgefühl. Ich meine: Sie befürchten, daß sie bei Locke und mir erzieherisch Fehler begehen. Bei Mike ist ja schon alles gelaufen. Aber Locke fehle eben die Mutter, behauptet Helga. Und mir der Vater, behauptet Gunter. Humbug! Die beiden zusammen ersetzen alle Eltern der Welt – und sind schwer genug zu verkraften. Will damit sagen: Bessere können wir uns nicht vorstellen."

Om nickte. „Es gibt keine besseren Eltern. Und jetzt mach dich auf den Weg. Damit du noch bei Tageslicht in die Stadt kommst. Sonst fangen dich die Autobahn-Banditen."

Tom grinste. „Weiß man's. Neuerdings überfallen sie nicht nur Autobahn-Reisende, sondern lauern auch auf den Landstraßen. Als Geldkurier wäre ich ein willkommenes Opfer."

Als er in seine Windjacke schlüpfte, kam Omas Katze Frau Holle die Treppe aus dem Obergeschoß herunter.

Sie mochte Tom, schnurrte und rieb ihren Kopf an seinem Knie.

Aber dann stieg ihr ein Geruch in die Nase, der an Toms

Outfit (*Kleidung*) haftet, zwangsläufig: der Geruch von Nicki, dem mächtigen Hund der Conradis.

Frau Holle stutzte und krümmte den Rücken.

„Sie riecht unseren Tiger“, lachte Tom. „Wahrscheinlich überlegt sie, ob ich ihn in der Tasche habe. Mitnichten, Frau Holle. In der Tasche habe ich Geld. Und das verdanke ich der Oma.“

2. Einer will aussteigen

Es schneite nicht mehr. Aber die Temperatur sank.

Tom fuhr zur Stadt zurück und auf kürzestem Weg nach Hause. Sein neuer Roller lief prachtvoll. Er war stärker als der alte Hirsch, den er in Zahlung gegeben hatte.

Dr. Helga Conradi befand sich in ihrer Tierarztpraxis. Wie sollte es anders sein an einem Wochentag um diese Zeit.

Drüben im Anbau, wo die Praxis war, brannte Licht in allen Räumen. Vierbeinige Patienten ersuchten um Rat.

Tom marschierte ins Haus, wo ihn Nicki vor Freude fast umriß.

Der mächtige Boxer-Wolfshund-Mischling liebte Kälte und Schnee. Nach temperamentvoller Begrüßung setzte er sich in der Diele vor die Flurgarderobe. Erwartungsvoll himmelte er die dort hängende Lederleine an.

Hm! Eigentlich bin ich knapp dran, dachte Tom. Aber wer kann dieser Aufforderung widerstehen?

Er legte das Geld auf Helgas Schreibtisch und schlüpfte in seinen Trainingsanzug.

Nicki wurde angeleint, und sie joggten eine Runde durchs Viertel: vornehmlich durch verkehrsberuhigte Wohn- und Spielstraßen, wo die Abgase nicht gleich wie Granaten in die Lungenflügel reinhauen.

Nicki legte die Strecke in ständigen Hochsprüngen zurück und fiel anschließend geschafft auf seine Matratze, wo er schläft, faulenzt, sich kraulen läßt und in Rückenlage alle vier Pfoten in die Luft streckt.

Tom machte sich stadtfein und fuhr zu Lockes Adresse.

Noch herrschte Tageslicht, aber eine frühe Dämmerung kündete sich an.

Einige Wagen fuhren bereits mit Scheinwerferbeleuchtung, aber deshalb war der Tag noch lange nicht zu Ende.

Seit Schulschluß, dachte Tom, habe ich meine Marzipanschnecke nicht gesehen, mein Schatzi, mein Goldstück, mein

Herzblatt, meine Nachtigall. O weh! Hörte sie das, würde sie mir Bescheid stoßen. Allenfalls läßt sie die Kratzbürste gelten – meistens jedenfalls.

Er bog in die Rehmsche Einfahrt. Die Garage war geschlossen. Im Haus brannte kein Licht. Nanu!

In diesem Moment trat Mike aus der Haustür, bis zum Kinn in windschlüpfiges Leder gehüllt, den Sturzhelm unterm Arm.

„Hallo, Tom!“ rief er gutgelaunt, kam heran und schüttelte seinem künftigen Stiefbruder die Hand. „Unsere Prinzessin hat auf dich gewartet, dann geflucht wie ein Henkersknecht, dich verwünscht und die Szene gewechselt. Meine Empfehlung, ihrem Mofa Schneeketten anzulegen, kam gar nicht gut an. Beinahe hätte sie mich geprügelt.“ Er grinste.

„Oft“, sagte Tom, „gratuliere ich mir, daß ich ein Einzelkind bin. Ich brauche nur zu streiten, wenn ich Lust habe. Du mußt, weil du mit ihr, deiner Schwester, unter einem Dach lebst.“

Mike verstärkte sein Grinsen. „Aber ich meide ihre Nähe. Du suchst sie. Insgesamt leidest du mehr. Sicherlich willst du wissen, wohin sie entschwebt ist. Ins Pressehaus zu Gunter. Der wird sich freuen.“

„Die Freude kann ich verdoppeln. Ich heize auch hin.“

„Dann fällt er um. Und morgen gibt's keine Zeitung.“

„Ich sehe das anders. Ich steh ihm bei gegen Locke. Wohin enteilt deine Wenigkeit?“

„Nichts besonderes. Nur Freundin besuchen.“

„Welche?“

„Wenn ich das wüßte. Bin mit zweien verabredet. Leider gleichzeitig. Weiß nicht, wie ich mich entscheiden soll.“

„Ich entscheide mich für Locke“, lachte Tom. „Wie immer.“

Er klapste Mike auf die Schulter, sprang auf seinen Roller und düste durchs schwindende Tageslicht zum Pressehaus.

Achtstöckig verziert es die Innenstadt.

Im siebten Stock, wo sich Gunters Redaktionsbüro befindet, wurde im Vorzimmer eifrig auf die elektronische Schreibmaschine gehackt.

Melanie Frühauf, ständig und heimlich in Gunter verliebt, blickte auf und knipste ihr Lächeln an.

„Hallo, Tom!“ erwiderte sie seinen Gruß. „Geh nur rein! Er hat soviel zu arbeiten, daß ich jede Störung begrüße. Das zwingt ihn zum Abschalten. Locke kommt gleich zurück.“

„Wohin ist sie denn?“

„Kauft Oberhemden für ihn ein. Größe 42, leicht tailliert. Ich dachte, das macht deine Mutter?“

„Helga ist für Socken und Leibwäsche zuständig. Also auf Ihre Verantwortung, Frühauf: Ich geh rein.“

Während er vorsichtig die Tür aufschob, erwog er die Möglichkeiten. Es gab mehrere: Entweder Gunter warf mit dem Aschenbecher. Oder er nahm seufzend die Störung hin. Oder er übertrug ihm gleich eine Aufgabe, was unangenehm sein konnte. Oder ...

Stille. Gunter lehnte sich im Sessel zurück und hatte den Hörer am Ohr. Sein kräftiges Gesicht mit dem igelstarken Schnauzbart drückte Anspannung aus.

Mit der freien Hand winkte er Tom herein.

„Nun nennen Sie endlich Ihren Namen“, raunzte Gunter in den Hörer. „Mit einem anonymen (*ohne Namen*) Spinner rede ich nicht.“

Leere Drohung, dachte Tom. Er ist ja ganz heiß auf die Sache. Welche Sache?

Auf Zehenspitzen wippte er zum Schreibtisch, wo er sich tief und artig verbeugte.

Aber im Moment fehlte es Gunter am Sinn für Albernheiten. Statt dessen deutete er auf den Zweithörer, über den sein kompliziertes Tischtelefon verfügt.

Schalt dich ein! hieß das, und Tom griff sofort zu.

„... kein Spinner. Das werden Sie gleich merken, Rehm“, drang eine Männerstimme durch die Leitung. Sie war so sympathisch wie eine Unfallsirene – und kreischte wie eine Metallsäge. „So ein Angebot kriegen Sie nicht wieder.“

„Ich höre“, sagte Gunter.

„Ich habe im Tageblatt verfolgt, daß Sie die Berichte machen über die Autobahn-Banditen. Stimmt doch?"

„Das stimmt."

„Sie haben geschrieben, es sei die schlimmste Bande seit langem."

„Was zutrifft. 21 Menschen wurden verletzt, zum Teil schwer. Die Höhe des Sachschadens beläuft sich auf vier Millionen Mark. Soviel Beute hat die Bande gemacht – innerhalb eines halben Jahres."

„Wem sagen Sie das, Rehm. Ich weiß Bescheid. Ich gehöre nämlich dazu."

Gunter und Tom sahen sich an.

„Sie sind der fünfte, der mich anruft und das behauptet", sagte Gunter. „Für Wichtigtuer habe ich keine Zeit. Ende."

„Hören Sie!" kreischte die Metallsäge. „Ich gehöre wirklich dazu. Aber ich will abspringen."

„Abspringen?"

„Die werden immer härter, immer brutaler. Der Boss ist größenwahnsinnig. Da mache ich nicht mehr mit. Verstehen Sie? Anfangs bin ich da reingeschlittert, weil ... Also, ich bin arbeitslos. Und ..."

„Das ist kein Grund. In unserem Land verhungert niemand. Wer arbeitslos ist, braucht nicht kriminell zu werden."

„Jaja, die Reden kenne ich. Aber kommen Sie mal aus mit dem Minimum (*Mindesten*)! Und andere haben klotzig Geld in der Tasche, kaufen und prassen, feiern und verschwenden. Da juckt's einen, sich mit Gewalt was zu holen. Ist doch klar."

„Das ist absolut nicht klar. Und wenn jeder so dächte, wäre die Menschheit im Eimer. Es kann nun mal nicht jeder alles haben. Man muß verzichten können. Sie wollen also aussteigen?"

„Will ich."

„Weshalb rufen Sie mich an? Das ist Sache der Polizei."

„Nee, Rehm. Ich stelle mir das anders vor. Auf die Ergreifung der Autobahn-Banditen ist doch Geld ausgesetzt ..."

„25000 insgesamt."

„Hört sich gut an. Ich will folgendes: Sie, Rehm, gelten als unbestechlich. Und Sie haben einen superheißen Draht zur Polizei. Deshalb sollen Sie mein Mittelsmann sein. Über Sie will ich mit den Bullen verhandeln."

„Sie wollen die Prämie?"

„Die auch. Aber vor allem völlige Straffreiheit. Das muß mir garantiert werden. Beides. Ich will sozusagen mit den Bullen einen Vertrag schließen. Der muß unanfechtbar sein. Sie machen das in meinem Namen. Natürlich ziehen Sie einen Rechtsanwalt hinzu. Sobald die Sache in Ordnung ist – und darauf geben Sie mir Ihr Wort –, komme ich aus meinem Loch raus. Ich verpfeife die andern, die sofort gefaßt werden können, und mir selbst passiert gar nichts."

„Sie stellen sich das sehr einfach vor. Ob Sie ..."

„Es muß möglich sein. Sprechen Sie mit den Bullen, Rehm! Aber bald! Ich fühle mich nicht mehr wohl in meiner Haut. Ich habe Schiß – ein ungutes Gefühl. Morgen rufe ich wieder an. Ihre Privatnummer weiß ich. Ach so, damit Sie gleich wissen, daß ich es bin, vereinbaren wir ein Codewort, ja? Äh, was ... Freibier! Das ist gut. So melde ich mich. Freibier!"

Er legte auf.

Sie stellen sich das sehr einfach vor.

3. Mörder an der Hintertür

Im Vorzimmer schnurrte Melanies Schreibmaschine. An das Panoramafenster hinter Gunter drückte die Dämmerung ihren schneefeuchten Mantel.

Gunter griff nach seiner Pfeife, die im Ascher hing, besann sich aber, und ließ die Finger vom Meerschaumkopf.

„Interessant, was? Ich glaube, er ist echt, der Typ. Das sagt mir mein Instinkt."

„Das wäre ein Ding", nickte Tom. „Und exklusiv (*ausschließlich*) fürs Tageblatt."

„Aber leider wird nichts daraus. Recht und Gesetz sind unteilbar und keine Ware, um die man feilscht. Der Kerl hat eine Menge auf dem Kerbholz. Seine rosaroten Vorstellungen sind kindisch. Trotzdem muß ich die Kripo verständigen."

„Jedenfalls scheinst du in Ganovenkreisen einen guten Leumund zu haben." Tom grinste. „Nimmst du an, wenn dir die Unterwelt einen Orden verleiht?"

Gunter wollte antworten, daß Orden sowieso immer an die falschen Leute verteilt werden.

Aber Lockes Ankunft zog alle Blicke und Gedanken auf sich.

Sie hüpfte herein, schwerbeladen mit Sturzhelm, Umhängetasche und einer Einkaufstüte der Herren-Boutique HEMDEN-MATZ. Der Inhaber hieß tatsächlich Matz. Eine zweite Tüte hielt sie mit zwei Fingern.

Auf ihrer langen, dunklen Mähne waren Schneeflocken geschmolzen. Jetzt glitzerten sie als flüchtige Diamanten. Toms Freundin trug einen roten Rollkragenpullover aus dickster Wolle. Trotzdem zeichnete sich darunter ab, wie grazil und schlank sie ist. Der Wollrock reichte bis zu den Waden.

„Ach, der Conradi", meinte sie – und blitzte Tom aus ihren Kirschaugen an. „Er wollte pünktlich bei mir sein. Jetzt ist er unpünktlich hier. Hast du dir eine glaubwürdige Entschuldigung ausgedacht?"

Tom küßte sie auf die schneekalte Wange.

„Nicki mußte unbedingt gassi rennen."

„Genehmigt."

Sie schleuderte die HEMDEN-MATZ-Tasche auf Gunters Schreibtisch.

„Ich wollte was Poppiges für dich, damit du nicht immer wie ein Opa rumsockst. Aber sie hatten nur Hemden in Rosa mit eingewebtem Metallfaden, in modischem Neid-Gelb mit grünen Tupfern und ein leichenfahles mit aparten Horror-Figuren. Ich hoffe, sie gefallen dir."

„Nein! Ich will was Ausgefallenes. Nicht diese Simpelfetzen."

„Hör ihn dir an!" wandte sie sich an Tom. „Eines Tages ist er für unsere künftige Großfamilie nicht mehr tragbar."

Gunter prüfte den Einkauf.

Locke hatte drei schlichte Seidenhemden gekauft: weiß, hellblau und beige – exakt wie gewünscht.

„Meine Tochter ist schon so selbständig", sagte er zu Tom. „Man kann sie zum Einkaufen schicken. Und sie geht allein ins Kino. Sogar den Schulweg findet sie jeden Tag wieder."

„Und das mit nur knapp 15 Jahren?" staunte Tom.

Locke stöhnte.

Dann erzählten sie ihr vom Anruf des Autobahn-Banditen. Gunter taufte ihn Eddi Freibier.

„Mir fehlen da ein paar Infos", meinte Locke. „Weil ich alles, was du schreibst, grundsätzlich nicht lese, Väterchen, habe ich den neuesten Durchblick nicht drauf."

Gunter seufzte. „Banditen sind's. Fünf oder sechs. Ihr Arbeitsfeld ist die Autobahn. Hauptsächlich in unserer Gegend. Sie überfallen Rastende. Die werden ausgeplündert. Nicht selten nehmen die Kerle auch den Wagen mit. Der verschwindet auf Nimmerwiedersehen. Vermutlich wird er in einer geheimen Werkstatt umgespritzt und dann mit gefälschten Papieren ins Ausland verschoben. Eine Spezialität der Bande ist die Entführung von sogenannten Käselastern. Also von Lkw, die Lebensmittel geladen haben. Daß sie 50 Zentner Goulaschfleisch, Tomaten, Teigwaren oder Früchte nicht selbst konsumieren (*verbrauchen*), ist klar. Also haben sie Abnehmer: zwielichtige Einzelhändler. Vielleicht sogar bestimmte Supermärkte, die mit billigem Einkauf großen Gewinn machen. Heiße Spuren gibt es leider nicht. Aber die AB (*Autobahn-Banditen*), wie wir sie hier nennen, werden immer dreister."

„Indem sie eine der wichtigsten Bekleidungen besudeln", grinste Tom, „in die einer sich zwängen kann."

„Was?" fragte Locke.

„Er meint die Polizei-Uniform", erklärte Gunter.

„Du scheinst ja gut unterrichtet zu sein", forschte Locke ihren Freund aus. „Du liest wohl, was Rehm schreibt?"

„Er will beim Abitur Deutsch als Leistungsfach nehmen", erklärte Gunter. „Deshalb. Und das mit den Uniformen ist so: Die AB verkleiden sich als Polizisten. Weiß der Teufel, woher sie die Uniformen haben. Vielleicht ist ein ehemaliger Herrenschneider dabei. Jedenfalls treten die Gesetzesbrecher als Zivilwagen-Streife auf. Das bedeutet, Töchterchen: Polizisten sitzen in einem unauffälligen Wagen. Mit der Leuchtkelle – bei Nacht – winken sie Autofahrer, die zu schnell oder zu langsam fahren, oder in Schlangenlinien, auf den nächsten Park- oder Rastplatz. Echte Polizisten zücken in solchen Fällen den Strafzettelblock, falsche rauben aus."

„Hoh!" wunderte sich Locke. „Führt das nicht zu totaler Verkehrsunsicherheit?"

„Was meinst du?"

„Nimm an, ich zische mit meinem Mofa über die Autobahn, was ich bekanntlich nicht darf. Weil ich das Tempolimit – das untere – unterschreite. Plötzlich blinzelt mir einer mit der Leuchtkelle zu. Aber wer sagt mir, daß es ein echter Polizist ist? Wie verhalte ich mich nun? Fliehe ich, wird auf mich geschossen. Gehorche ich, bin ich Opfer der Räuber. Also?"

„Gott sei Dank darfst du mit deinem Hirschkalb nicht auf die Autobahn", meinte Gunter.

„Aber auf Landstraßen, Familienvorstand. Und dort schlagen die neuerdings genauso zu."

„Hin und wieder", meinte Tom, „scheint sie doch was zu lesen."

„Nur Überschriften", schränkte Locke ein. „Also, Papi, wie ist das? Was macht man?"

Gunter wiegte den Kopf. „Eine Patentlösung gibt es nicht. Natürlich muß man polizeilicher Aufforderung folgen – und hoffen, daß es wirklich Polizisten sind. Sind's die AB – dann ist das eben Pech."

„Hast schon bessere Ratschläge verteilt."

„Vieles im Leben, Töchterchen, ist nicht so eindeutig und griffig, wie du's gern hättest. Aber jetzt muß ich Hochtürh anrufen, und ihr werdet gefälligst ..."

Er sprach nicht zu Ende, sondern blickte zur Tür, wo Pit Mehring, der Chef vom Dienst, den Kopf durch den Spalt schob.

„Störe ich?"

„Natürlich störst du. Aber das wird dich nicht abhalten, trotzdem hereinzukommen."

Mehring grinste. Im linken Mundwinkel schuckelte eine Zigarette. Er war Kettenraucher und oft so nervös wie ein umgegrabener Ameisenhaufen.

Er riß Lockes Hand an sich und tat, als küsse er ihre Fingerspitzen. Tom gab er einen Klaps auf die Schulter.

„Da! Komisch!" meinte er – und reichte Gunter ein beschriebenes Manuskriptblatt.

Gunter las. Tom streckte seinen kräftigen Hals etwas und sah, daß es sich um eine ziemlich kurze Meldung handelte.

Gunter schob die Brauen zusammen und blickte auf.

„Ich sehe wohl nicht richtig! Mord an einem gewissen Karl-Otto Lorenz. Und das handelst du mit fünf Zeilen ab, Pit."

„Ich hätte einen endlosen Riemen (*langer Artikel*) geschrieben. Kennst doch meine Weitschweifigkeit. Das hier ist von Ebert."

Ebert war – wie das Nachwuchs-Pärchen wußte – der Polizeireporter vom Tageblatt.

„Mehr sei im Moment nicht zu erfahren gewesen, sagt er", berichtete Pit. „Das bißchen habe ihm ein Polizeimeister Raukel durchgegeben – telefonisch. Vor 'ner halben Stunde rief der an. Von sich aus."

„Was denn? Ein Polizeimeister rief an? Das hatten wir noch nie."

Gunter las zum zweiten Mal.

Der Name des Ermordeten war – wie gesagt – mit Karl-Otto Lorenz angegeben. Der Täter sei durch die Hintertür in dessen Geschäft eingedrungen. In welches Geschäft? Mit drei Schüssen aus einer Polizei-Pistole habe er Lorenz getötet. Tatzeit: später Nachmittag – hieß es vage. Nichts sei geraubt worden.

„Hört euch das an!" Das galt dem Nachwuchs. Gunter las vor.

„Die Mordkommission müßte noch am Tatort sein", meinte er dann. „Ebert soll hinzischen, Pit."

„Ich habe ihn schon losgeschickt."

„Wir brauchen Fotos. Und weitere Infos."

Pit nickte. „Aber die eins", er meinte Seite eins der Zeitung, „ist voll. Außerdem", er sah zur Uhr, „geht da bald nichts mehr. Wie ich Ebert kenne, kommt er mit neuen Infos zu spät. Für die morgige Ausgabe reicht das nicht mehr."

„Wenn's die Konkurrenz hat, sind wir blamiert." Gunter presste die Lippen zusammen. „Ich rufe mal an. Die von der Mordkommission kenne ich ja alle. Welche Adresse?"

Er sah wieder auf das Blatt. „Germanen-Gasse 11. Das ist doch vorn an der Ecke!"

„Was?" rief Locke. „Den Lorenz meint ihr? Der soll tot sein. Nee!"

„Kennst du ihn?" fragte Gunter.

„Klar. Das große Secondhand-Geschäft (*Laden, in dem gebrauchte Ware verkauft wird*)! Das größte in der Stadt. Ich war doch eben noch drin. Hier!" Sie klopfte auf die zweite Einkaufstüte. „Habe mir einen süßen, fast neuen Pulli gekauft. Für nur 19 Mark. Das Geld, liebstes Papilein, war übrig. Wechselgeld. Und da du dich so hemden-matz-schnieke machst, kann ich nicht in Lumpen rumlaufen. Jedenfalls hat mich Herr Lorenz selbst bedient. Kenne ihn. War ja schon oft dort. Eben erfreute er sich noch sehr seines Lebens."

„Wann warst du dort?"

„Nachdem ich deine Hemden gekauft hatte – bevor ich hier antanzte."

„Das ist noch keine halbe Stunde her." Gunter sah Pit an. „Den Mord scheint es nur in Raukels Phantasie zu geben. Oder jemand treibt seinen Spaß mit uns. Moment! Das haben wir gleich."

Er griff zum Telefon. „Frühauf! Geben Sie mir Karl-Otto Lorenz, Secondhand-Geschäft, Germanen Gasse 11."

Er wartete. „Wie spät ist es? Gerade sechs durch ... Hm! Entweder ich erwische jetzt die Jungs von der Mordkommission. Oder ..."

„Lorenz, Gebrauchtwaren en gros (*im großen*)", meldete sich eine scharfe Stimme.

„Herr Karl-Otto Lorenz?" vergewisserte sich Gunter.

„Der bin ich."

„Gunter Rehm vom Tageblatt. Entschuldigen Sie die Störung. Aber uns liegt hier eine mysteriöse (*geheimnisvolle*) Meldung vor, die Sie betrifft."

„So? Nämlich?"

„Uns hat hier ..."

„Moment, bitte!" wurde er von Lorenz unterbrochen. „Da ist wer an der Hintertür. Bin gleich wieder da."

Wie ein Blitz zündete die Idee in Gunters Hirn.

„Lorenz!" schrie er. „Nicht! Hören Sie mich? Gehen Sie nicht an die Hintertür."

Der Geschäftsmann war offenbar im Begriff, den Hörer abzulegen, schnappte aber noch auf, was da aufgeregt durch den Draht sprudelte.

„Was ist los?“ fragte er.

„Gehen Sie nicht an die Hintertür!“ rief Gunter. „Vielleicht irre ich mich – na schön! Wenn nicht, dann steht dort draußen Ihr Mörder. Sind Sie allein?“

„Ja. Was? Mein Mörder? Mann, wie kommen Sie mir denn vor ...“

„Fragen Sie jetzt nicht! Ist Ihr Laden schon geschlossen?“

„Seit sechs. Mann! Der an der Hintertür ist wohl wahnsinnig. Der bricht mir das Schloß ...“

„Lorenz! Verlassen Sie Ihren Laden! Laufen Sie auf die Straße! Aber vorn raus! Hauen Sie ab! In irgendein Haus, wo Sie in Sicherheit sind. Glauben Sie mir: Der Typ an der Hintertür will Sie umbringen. Ich habe es schriftlich.“

Lorenz zögerte. Aber nur einen Moment. Dann gab er einen Laut von sich – halb Zähneknirschen, halb als beiße er sich auf die Zunge –, ließ den Hörer fallen und türmte.

Gunter hörte, wie sich Schritte entfernten.

Für einen Moment herrschte Stille.

Dann ertönte ein Krachen, als sich jemand gegen die Hintertür warf.

Gunter deckte eine Hand über die Sprechmuschel. „Pit, das Überfallkommando! Sofort zu Germanen-Gasse 11.“

Pit stürmte hinaus.

„Dieser Witzbold von Raukel – oder wer auch immer das war“, sagte Gunter zu dem Pärchen, „hat uns erst die Nachricht vom Mord geschickt, und jetzt führt er ihn aus. Das heißt, hoffentlich nicht. Unfaßlich!“

Er horchte. Doch am anderen Ende der Leitung war alles still.

Er legte auf und schnellte hoch.

„Ich muß hin. Aber für euch gilt das nicht.“

„Erst unsere Neugier anheizen – und dann so was!“ sagte Locke. „Selbstverständlich begleiten wir dich. Vielleicht entschließt sich Lorenz aufgrund der Ereignisse zu einem Totalausverkauf – und ich kriege ein paar Pullis fast umsonst.“

4. Die unglaubliche Geschichte

Wieder schwebten Schneeflocken herab. Nur sie füllten die Fußgängerzone zwischen dem Markt und der Romanischen Kirche.

„Vorhin", japste Locke, die zwischen Gunter und Tom lief, „wimmelten hier die Leute herum. Und jetzt ist total tote Hose."

„Haben Geschäftsgegenden so an sich", erwiderte Tom.

Sie bogen ein in die Germanen-Gasse.

Nr. 11 war ein vierstöckiges Fachwerkhaus, eingezwängt in die Häuserzeile. Das Parterre hatte man zum Geschäftslokal umgebaut.

Der Secondhand-Shop verfügte über drei Schaufenster. Sie waren erleuchtet, aber in der Tiefe des Ladens herrschte Dunkelheit. Die Eingangstür stand offen. Schräg gegenüber parkten zwei Streifenwagen. Niemand saß drin.

Die drei blieben stehen.

„Kein Lorenz, kein Mörder", meinte Tom. „Aber hinten im Laden bewegt sich was. Locke, du gehst hinter den Pfeiler dort. Wenn ..."

„Nicht nötig", sagte Gunter. „Es ist Ebert."

Der Polizeireporter hatte sie entdeckt und kam aus dem Laden. Kamera und Blitzlichtgerät baumelten ihm vor der Brust.

„Mein Gott!" ächzte er. „Eigentlich müßte das auf die erste Seite. Aber jetzt geht's wohl nicht mehr."

„Sprich dich aus, Josef!" Gunters Ungeduld war spürbar.

„Als ich herkam, war nichts, der Laden schon dicht. Ich konnte auch nichts Ungewöhnliches entdecken. Dachte mir aber: Bleibst lieber hier. Vielleicht geschieht noch was. Drüben unter den Kolonnaden bin ich rumgehangen. Und plötzlich stürmte hier ein Mann aus dem Laden. Das war Lorenz, wie ich jetzt weiß. Er rannte quer über den Platz, wollte wohl in die Gastwirtschaft dort hinten. Jedenfalls lief er um sein Leben, denn hier an der Tür tauchte noch einer auf. Ein Polizist. In

SECONDHAND-SHOP

Uniform. Mit seiner Pistole in der Hand. Und der zielte auf Lorenz. Kein Anruf, kein Warnschuß! Nanu, dachte ich. Der schießt doch nicht etwa gezielt. Denn ich hielt den Fliehenden für einen Einbrecher – oder so. Wußte ja nicht, daß es Lorenz persönlich war. Der Polizist schoß, traf aber nicht, schoß nochmal, mit dem gleichen Ergebnis, und der Fliehende versteckte sich hinter dem Kiosk. In dem Moment bin ich zu dem Polizisten gelaufen. Und was soll ich euch sagen: Kaum sieht der mich, macht er kehrt und rennt in den Laden zurück. Ich habe das nicht kapiert. Dachte: ein Mißverständnis. Wollte hinterher, habe aber an der Tür gewartet und gegröhlt, daß ich der Ebert vom Tageblatt bin. Dann hörte ich, daß hinten auf dem Hof was los ist. Und hier brausten zwei Streifenwagen an – mit voller Besatzung. Die wußten auch nicht, worum es geht. Ich erzählte, was ich gesehen habe. Sie sagten, Kollegen seien hinten auf dem Hof, um einem Gewalttäter den eventuellen Rückweg abzuschneiden. Pit Mehring vom Tageblatt hätte sie alarmiert, und drei Wagen seien in der Nähe gewesen."

„Und Lorenz?" fragte Gunter.

„Der sah die Streitmacht, kam zurück, sagte, wer er ist, und daß du ihn telefonisch gewarnt hättest. Gerade noch rechtzeitig, denn der Schütze sei durch die Hintertür eingedrungen. Mensch, Gunter, ich kapiere das nicht. Mich ruft ein Polizeimeister Raukel an, gibt die Meldung durch – und es stellt sich als Ente (*Falschmeldung*) raus. Und kurz darauf schießt ein Uniformierter auf Lorenz, nachdem er die Hintertür aufgebrochen hat. Wer hat denn da Durchblick?"

Es wurde hell im Laden.

Drei Polizisten sahen sich um. Einer hatte die Rangabzeichen eines Oberkommissars.

„Da ist Hochtürh", wunderte sich Gunter. „Wenn er auftaucht, ist Zoff im Karton."

Sie gingen hinein.

Hochtürh war ein großer, silberhaariger Endvierziger mit spitzen Zügen.

Locke und Tom, die er noch nicht kannte, wurden ihm vorgestellt.

Nur die Andeutung eines Lächelns huschte über sein Gesicht, dann wurde es ernst wie bei einem Begräbnis.

„Dein Anruf, Gunter", er und Rehm duzten sich, „hat dem Lorenz das Leben gerettet. Er sitzt jetzt hinten in seinem Büro und ringt um Fassung."

„Es war so eine Eingebung. Wegen der Meldung. Das muß ich dir erzählen, Klaus. Besagte Meldung von einem gewissen Raukel ..."

„Ich weiß", fiel ihm Hochtürh ins Wort. „Polizeimeister Jochen Raukel wurde von seinen Kollegen festgenommen, als er über den Hinterhof fliehen wollte. Raukel leistete keinen Widerstand, obwohl er seine Pistole in der Hand hatte. Ein Streifenwagen bringt ihn ins Präsidium. Daß es sich um einen Mordversuch handelt, daran besteht kein Zweifel. Eine tragische Angelegenheit."

Allmählich, dachte Tom, könnte mal einer die ganze Story rauslassen. Jeder erzählt nur Bruchstücke. Kein Bild setzt sich zusammen, zumindest bei mir nicht.

„Nämlich?" fragte Gunter.

„Als sich rausstellte, daß es sich tatsächlich um einen Kollegen handelt", sagte der Oberkommissar, „wurde ich verständigt. Ich kam sofort her. Habe eben im Wagen mit Raukel gesprochen. Er ist vollkommen geständig, hält nichts zurück – und sieht aus wie jemand, der mit dem Leben abgeschlossen hat."

„Wieso er?" fragte Ebert. „Ich denke, er wollte Lorenz erschießen."

„Allerdings."

Hochtürh blickte in eine Ecke, wo gebrauchte Abendkleider hingen: Roben und Fähnchen in allen Farben und Größen.

Die Kleider sah er natürlich nicht, hatte vielmehr den Blick nach innen gedreht: auf seine Gedanken. Sollte und durfte er hier vor der Presse alles auspacken?

Gunter erriet seine Zweifel.

„Ich werde mich nicht auf dich berufen, Klaus. Also zier dich nicht wie die Jungfrau vom Finsterwald. Was steckt dahinter?“

Ebert zog bereits seinen Notizblock hervor und einen Kugelschreiber, dessen Feder kaputt war. So oft er auch drückte – die Spitze der Mine kam nicht hervor.

„Reporter nennt sich das“, sagte Locke – und nahm einen Kugelschreiber aus ihrer Umhängetasche. „Bitte, Herr Ebert.“

„Danke, Prinzessin“, grinste er.

Dann blickten alle auf Hochtürh.

Der Oberkommissar nahm seine Uniformmütze ab, wischte mit dem Finger übers Schweißband und setzte sie wieder auf.

Es wurde kalt im Laden. Die Eingangstür stand offen, wie Tom bemerkte.

Er erbarmte sich, obwohl er schon beide Hände in den Taschen hatte, und drückte die Tür ins Schloß. Der Schlüssel steckte innen.

„Du kennt PM Raukel?“ wandte sich Hochtürh an Gunter. „Nein? Nun, er gilt als ausgezeichneter Beamter: korrekt, einsatzfreudig, ruhig, ausgleichend. Er war vorgeschlagen als Kontaktbeamter. Du weißt: Das sind sozusagen unsere Mittelsmänner zur Bevölkerung. Sie brauchen Fingerspitzengefühl. Und jetzt – man begreift es kaum – wäre Raukel beinahe zum Mörder geworden. Er sagte mir, weshalb. Und er sagte auch, daß er Sie, Ebert, vorhin angerufen habe, um Ihnen einen Bericht zu geben: von dem, was noch geschehen würde – und was Gott sei Dank! vereitelt wurde. Raukel rief Sie an, Ebert, weil der Bericht über den Mord an Karl-Otto Lorenz unbedingt morgen, am 23. November, im Tageblatt stehen sollte. Raukel weiß, wann ihr Redaktionsschluß habt. Deshalb schickte er den Bericht seiner Tat voraus.“

Gunter stieß zischend die Luft über die Zähne. Sein Schnauzbart sträubte sich wie ein Igelfell in Verteidigungsstellung.

„Als Journalist gewöhnt man sich das Staunen ab. Aber jetzt haut's mich vom Hocker. Was hat Raukel bezweckt?"

„Er scheint ein sentimentaler (*rührseliger*) Romantiker zu sein. Oder er tickt nicht richtig. Die Gutachter werden das klären. Jedenfalls hat er sich in eine Vorstellung verbohrt, die Selbstjustiz heißt. Es war Rache. Deshalb wollte er Lorenz töten. Und die Meldung seines Todes sollte morgen im Tageblatt stehen, weil morgen der Todestag seiner Freundin ist."

„Raukels Freundin?" fragte Ebert überflüssigerweise.

Hochtürh nickte. „Ich kannte Eva Müller nicht. Sie soll ein reizendes Gsschöpf gewesen sein. Weihnachten vorigen Jahres wollten die beiden heiraten. Aber am 23. November wurde Eva tödlich überfahren. Der Fahrer beging Unfallflucht. Der Fall wurde nicht geklärt. Raukel mußte beurlaubt werden. Offenbar schwebte er am Rande eines Nervenzusammenbruchs. Als er dann den Dienst wieder antrat, wirkte er äußerlich ruhig. Das bestätigten seine Kollegen. Jetzt wissen wir, daß er heimlich ermittelt hat. Hartnäckig – und in aller Stille. Er ist systematisch vorgegangen und klapperte sämtliche Kfz-Werkstätten ab: in der Stadt, in der Region, im ganzen Ballungsgebiet. Und heute hat das Schicksal seinen Bemühungen die Krone aufgesetzt: einen Tag vor dem 23. November. Das muß man sich vorstellen! Heute erhielt Raukel den Beweis. Eine zwielichtige Werkstätte draußen auf dem Land hat am 24. November vorigen Jahres den Wagen von Karl-Otto Lorenz repariert. Der rechte Scheinwerfer war zersplittert, Blech eingedrückt, roter Lack abgeplatzt. Der Inhaber der Werkstatt hat damals sofort begriffen, worum es geht. In der Zeitung las er von dem Unfall. Damit war alles klar. Was machte der Typ? Er fotografierte Lorenzens Wagen."

„Um ihn zu erpressen?" fragte Gunter.

„Genau. Er hat's auch versucht. Und siehe – Lorenz ging darauf ein, was ganz eindeutig ein Schuldgeständnis ist. Aber dann passierte etwas, womit Heinz Podbilska, der Kfz-Mechaniker, nie gerechnet hätte. Er wurde in seinem Haus überfallen. Drei Typen schlugen ihn krankenhausreif. Sie suchten und fanden die Fotos und nahmen sie mit. Außerdem schüchterten sie Podbilska ein. Ihm wurde mit noch Schlimmerem gedroht, falls er der Polizei einen Hinweis gäbe. Das wirkte. Podbilska getraute sich nicht. Aber er hatte noch einen zweiten Satz Fotos vom Unfallauto – wovon Lorenz und seine Schläger nichts wußten. Ein Jahr lang hat sich Podbilska nicht gerührt. Aber als jetzt Raukel bei ihm ermittelte, hatte sich genügend Wut angestaut. Podbilska sah die Stunde der Vergeltung gekommen. Er zeigte Raukel die Fotos und erzählte alles. Das war, wie gesagt, heute mittag. Den Rest kennt ihr."

Für einen Moment schwiegen alle.

Dann sagte Gunter, mehr zu sich als zu den andern gewandt: „Solche Geschichten schreibt das Leben. Alles ist möglich. Nur nicht wundern."

„Und jetzt?" Ebert wippte auf den Zehenspitzen.

„Mach ein Foto von Lorenz! Damit wir's in petto (*bereit*) haben. Dann hin zu Podbilska! Von ihm ein Foto. Und die Fotos vom Unfallwagen."

„Kommt ihr morgen damit raus?" fragte Hochtürh.

„Das ist leider unmöglich. Aber Montag bringen wir's groß. Was sagt Lorenz?"

Hochtürh lachte freudlos. „Der leugnet."

„Einfach so?" fragte Ebert.

„Eben hielt ich ihm alles vor. Er gibt zu, daß er den Wagen bei Podbilska reparieren ließ. Aber der Schaden sei bei anderer Gelegenheit entstanden, nämlich als er den Pfeiler an der Garageneinfahrt seines Grundstücks gerammt habe – im vorigen November."

„Aha!" Ebert grinste.

„Damals habe Podbilska zwar seltsame Andeutungen gemacht", fuhr Hochtürh fort, „aber von irgendeinem Erpressungsversuch wisse er – Lorenz – nichts. Und schon gar nicht von drei Schlägern undsoweiter."

„Und?" fragte Gunter. „Kommt er damit durch?"

Kommt ihr Morgen damit raus?

Hochtürh wiegte den Kopf. „An deiner Stelle würde ich seinen Namen nicht veröffentlichen. Er könnte gerichtlich gegen euch vorgehen. Seine Schuld ist nicht bewiesen. Natürlich lügt er. Aber die Akte Eva Müller ist längst geschlossen. Spuren, die uns heute noch nützen würden, fanden sich am Unfallort leider nicht. An dem Tag regnete es heftig. Lacksplitter von Lorenzens Wagen wurden weggespült, falls sie auf der Fahrbahn lagen. Im Gully hat damals niemand gestochert. Und ein Jahr ist vergangen. Wir werden uns schwertun, ihm die Tat anzulasten. Zumal Podbilska als Zeuge das letzte ist. Der Typ hat massenhaft Vorstrafen. Keine schwere Kriminalität, aber immerhin. Lorenzens Anwalt hat Möglichkeiten. Er kann behaupten, Podbilska hätte sich den Zusammenhang zwischen tödlichem Unfall und Lorenzens Beteiligung aus den Fingern gesogen. Daß wir die drei Schläger finden, glaube ich nicht. Raukel sagt, Podbilska habe sie nicht gekannt."

Gunter nickte. „Wir müssen behutsam rangehen. Was anderes hatte ich ohnehin nicht vor. Trotzdem möchte ich mir diesen Secondhand-Typ mal ansehen."

5. Noch mehr Lügen

Hinter dem Laden führte ein kurzer Flur zum Hof.

Die Tür war aufgebrochen.

Rund ums Schloß hingen faserige Splitter.

Vom Flur zweigte eine Tür ab. Sie war angelehnt. Durch den Spalt sah man Licht.

Hochtürh und seine beiden Beamten waren vorn im Laden geblieben.

Die andern standen jetzt vor Lorenzens Bürotür, und Gunter klopfte.

„Ja?" tönte die scharfe Stimme des Geschäftsmannes.

Klingt nicht, dachte Tom, als ringe er um Fassung, wie Hochtürh sich ausgedrückt hat.

Lorenz saß hinter seinem Schreibtisch, hatte beide Füße in der obersten Lade – rechts – untergebracht und rauchte eine dunkle Zigarre.

Er schien groß zu sein und ziemlich fit, hatte ein aalglattes, aber kantiges Gesicht und gepflegte braune Haare. Seine Miene war abweisend.

Tom schätzte ihn auf Ende Dreißig.

„Rehm vom Tageblatt", sagte Gunter. „Ich rief Sie an. Wir kennen Raukels Aussage. Dazu brauchen wir Ihre Stellungnahme."

Erstmal muß er sich jetzt bei Gunter bedanken, dachte Tom.

Aber das kam dem Typ nicht in den Sinn.

Er stellte die Füße auf den Boden. Nicht aus Höflichkeit, sondern nur, damit er sich angriffslustig vorbeugen konnte.

„Wenn Sie meinen Namen in die Zeitung zerren, Rehm, sehen wir uns vor Gericht wieder."

„Na, das ist doch schon mal eine Antwort, eine nette. Im übrigen weiß ich genau, was ich laut Pressegesetz darf – und was nicht. Wollen Sie sich zur Sache äußern?"

„Nein."

Gunter überhörte das.

„Dieser Podbilska beschuldigt Sie. Sie sagen, er lügt."

„Er lügt. Ein Ganove! Wer glaubt dem denn?"

„Das heißt", Gunter ließ nicht locker, „Sie haben nichts zu tun mit dem Verkehrsunfall vom 23. November vorigen Jahres – als Eva Müller starb und der Täter flüchtete?"

„Nichts. Ich fahre unfallfrei – seit meinem 18. Lebensjahr."

„Hat Podbilska Sie erpreßt?"

„Nein. Nicht die Bohne. O Mann, ich verstehe das nicht."

„Aber Sie ließen Ihren Wagen bei ihm reparieren?"

„Ja. Irgendwer hatte ihn mir empfohlen. Er sei zuverlässig und billig."

„Was könnte ihn veranlaßt haben, Ihren beschädigten Wagen zu fotografieren? Denn die Fotos existieren."

„Keine Ahnung. Das heißt, ich kann nur mutmaßen. Vielleicht hat er tatsächlich geglaubt, ich wäre der gesuchte Unfallflüchtling. Aber erpreßt hat er mich nicht. Und ich habe ihm auch keine Schläger geschickt. Von den Fotos wußte ich nichts."

Ebert hatte sich Notizen gemacht.

Nichts neues, dachte Tom. Hatten wir alles schon. Aber Gunter muß ihn fragen. Das gehört zur journalistischen Sorgfalt.

Lockes Vater fiel noch was ein.

„Wie oft waren Sie bei Podbilska?"

„Zweimal!" Lorenz lutschte an seiner Zigarre. „Als ich den Wagen hinbrachte – und als ich ihn abholte."

„Haben Sie Eva Müller gekannt?"

„Wissentlich nicht. Vielleicht ist sie als Kundin hier gewesen. Vom Sehen kenne ich Tausende."

Blitzlicht flammte auf.

„Verzeihung!" sagte Ebert – und tat überrascht. „Bin versehentlich an den Auslöser gekommen. Macht aber nichts. Es ist gar kein Film in der Kamera."

Hahahah! dachte Tom. Dieses Schlitzohr von einem Reporter! Hat aus der Hüfte geschossen, und Lorenz merkt nichts.

Du warst doch vorher bei mir?

Gunter sagte, das wäre es. Keine weiteren Fragen.

Lorenz schob die Brauen zusammen und sah Locke an.

„Du warst doch vorhin bei mir?"

„Klar. Den violetten Pulli haben Sie mir verkauft. Ich bin Nina Rehm. Allmählich sollten Sie Ihre Stammkunden kennen."

Lorenz lächelte dünn. Indem er blauen Zigarrenrauch ausstieß, hängte er sich eine Wolke vors Gesicht.

Die vier sockten zu den Polizisten zurück.

Von Hochtürh ließ sich Gunter die Podbilska-Adresse geben.

Der Kfz-Typ wohnte in Gernhausen, einem Dorf im Nordosten der Großstadt. Sehr nah also. Nur ein paar Äcker trennten das eine vom andern. Das Dorf gehörte zum Landkreis der Stadt und widerstand jeder Eingemeindung.

„Wirst du dich um Podbilska kümmern?" fragte Gunter.

Hochtürh verneinte. „Das ist Sache der Kripo. Aber ich glaube nicht, daß die heute schon tätig wird. Hast genug Zeit, falls du dem Typ auf den Zahn fühlen willst."

„Und ob ich will."

Als die vier durch die Fußgängerzone zum Pressehaus zurücktrabten, sagte Gunter: „Das lasse ich nicht anbrennen. Ich komme mit nach Gernhausen, Josef. In der Redaktion muß Pit mal ohne mich fertigwerden."

Ebert grinste. „Dann ist er anschließend drei Tage krank."

„Unsinn! Pit macht alles bestens – und ein bißchen Wind gehört dazu."

Tom sah auf die Uhr.

Um 21.05 Uhr mußte er Eugenie von Hauch am Bahnhof auflesen. Bis dahin war noch klotzig viel Zeit.

„Seit frühester Kindheit", sagte er, „träume ich davon, mal nach Gernhausen zu kommen. Da kennt man die halbe Welt – Paris, London, Rom, Tupfelstedt, Kopenhagen, Kleinbirnbach und Madrid –, aber Gernhausen ist ein total weißer Fleck auf meiner Reiselandkarte."

„Schon gut“, sagte Gunter. „Du, ihr natürlich!, könnt mitfahren.“

„Das war sowieso klar“, meinte Locke. „Da frage ich doch gar nicht.“

Ebert grinste.

Dann, im Pressehaus, ergab es sich, daß er nicht mitfahren konnte.

Im Industrie-Bezirk der Stadt war ein gewaltiger Brand ausgebrochen. Da Ebert nicht nur als Polizei-, sondern auch als Fotoreporter was drauf hatte, schickte Gunter ihn los.

Daß er – mit dem Pärchen – zu Podbilska fuhr, genügte vollauf.

Roller und Mofa blieben in der Tiefgarage zurück.

Gunter lud die beiden in seinen Saab, und ab ging die Post.

Wieder keine Gelegenheit, dachte Tom, von Omas Spende zu berichten. Locke muß es wissen. Aber wenn ich Gunter einweihe, wird er Oma das Geld erstatten. Oder er stupst Helga an, und sie gibt es zurück. Und schon wird die Sache wahnsinnig kompliziert. Kommt nicht in Frage! Oma und ich haben unser Geheimnis.

Es war dunkel. Schneewolken bauten sich am Nachthimmel auf.

Als der Saab über die Landstraße zischte, spürte Gunter die Glätte.

Aber er hatte seinen Wagen schon frühzeitig, nämlich vorige Woche, umgerüstet. Der Saab trug seinen zweiten Satz Felgen – die mit den Winterreifen.

„Er muß sie wahnsinnig geliebt haben“, sagte Locke, als sie sich Gernhausen näherten.

Gunter konzentrierte sich auf die Fahrbahn.

„Raukel?“ fragte Tom. „Hat er bestimmt. Denn wenn man bedenkt: Ein Jahr lang ermittelt er. Gibt nicht auf. Und dann, als er fündig wird, entschließt er sich zum Mord. Daß er sich den Folgen nicht entziehen kann, hat er gewußt.“

Locke seufzte. „Raukel ist sicherlich ein romantischer Typ.“

„Aber nicht ganz dicht unter der Gehirnschale“, sagte Gunter. „Es besteht kein Grund, ihn anzuhimmeln.“

„Wer sagt denn das, Papi: Ich finde es nur sehr schön, wenn Liebe ewig dauert.“

„Richtig. Aber das berechtigt keinen, sich als Scharfrichter aufzuspielen.“

Aus der Dunkelheit tauchten Häuser auf. Flache Bauten, geducktes Fachwerk.

Tom sah Scheunen, Toreinfahrten, zwei Traktoren und einen dampfenden Misthaufen.

Gunter fuhr über den Dorfplatz und an der Kirche vorbei. Podbilskas Kfz-Werkstatt lag auf der anderen Seite des Dorfes.

Eine Tankstelle gehörte dazu.

Jetzt erfaßten die Scheinwerferstrahlen zwei Zapfsäulen und ein zurückgesetztes Glashäuschen. Noch weiter zurückgesetzt lag die Werkstatt. Sie und das Wohnhaus befanden sich unter einem Dach.

Nur im Wohnhaus brannte Licht.

Als die drei vor der Haustür standen, suchten Gunter und Tom vergebens nach einer Klingel.

Locke klopfte an das Fenster, hinter dem Licht brannte. Hineinsehen konnte sie nicht. Dicke Vorhänge schirmten ab.

Nach einer Weile wurde die Tür geöffnet.

Vor dem Funzellicht des Hausflurs hob sich ein vierschrötiger Typ ab. Er roch nach Bier und hatte die Daumen in seine breiten Hosenträger gehakt.

„Was ist?“ begehrte er zu wissen.

Gunter stellte sich vor. „Sind Sie Heinz Podbilska?“

„Bin ich. Aber Ihre Zeitung gefällt mir nicht. Glauben Sie nur nicht, daß ich die bestelle. Ich lese den Anzeigen-Hausfreund. Der kommt einmal in der Woche – kostenlos.“

„Ich will Ihnen kein Abonnement *(ständiger Bezug von Zeitungen)* aufschwatzen, sondern habe Fragen an Sie. Es geht um das, was Sie Polizeimeister Raukel heute mittag erzählt haben.“

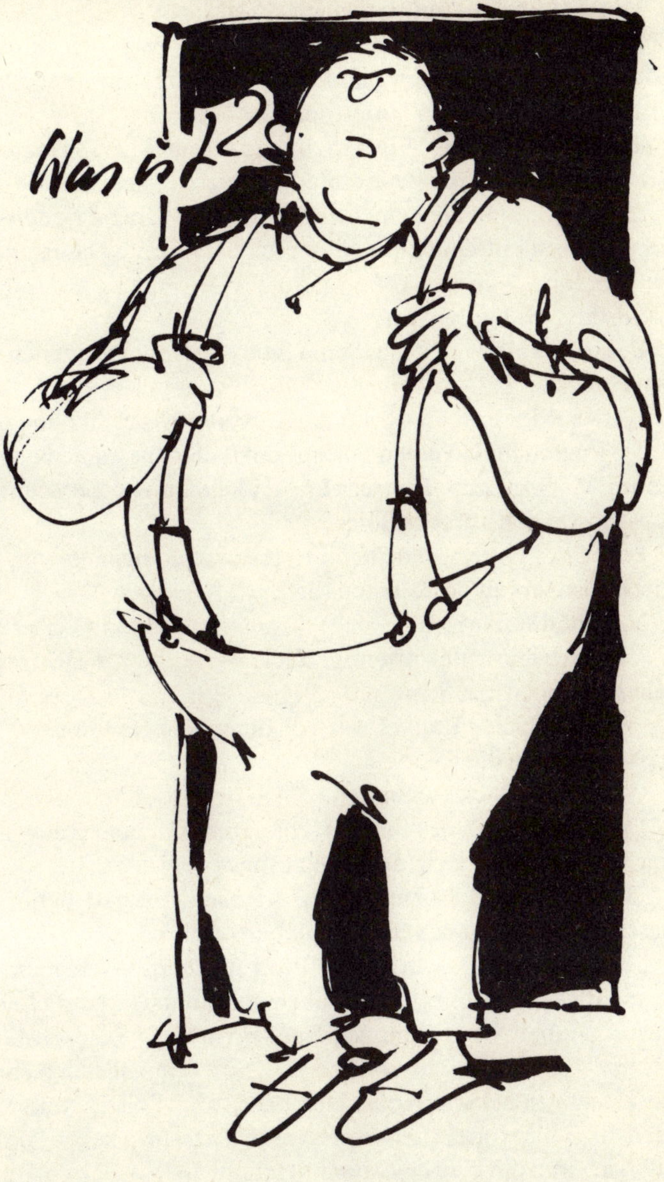
Was ist?

Podbilska schien zusammenzuzucken.

Er hatte ein schwammiges Gesicht, in dem sich schmale Schlitzaugen hastig bewegten. Seine Stimme dröhnte, hatte aber einen blechernen Unterton.

Tom überlegte. Irgendwann, irgendwo hatte er eine ähnliche Stimme schon gehört. Oder bildete er sich das nur ein?

„Äh, dann sind Sie kein Zeitungswerber?" fragte Podbilska. „Sie müssen entschuldigen. Aber ich habe Ihren Namen nicht verstanden."

„Rehm. Gunter Rehm."

Podbilska glotzte ihn an. Sein Unterkiefer sackte auf den fetten Hals.

„Ah, so! Ja. Freut ... freut mich. Wollen Sie reinkommen?"

Sie folgten ihm in einen Wohnraum voller zusammengestükkelter Möbel. Leere Bierflaschen und eine fast volle Schnapsflasche standen auf dem Tisch.

Podbilska hatte anscheinend feste Vorstellungen davon, wie ein Arbeitstag zu beschließen sei.

Niemand setzte sich.

Der Hausherr, der offenbar allein lebte, lehnte sich gegen einen altdeutschen Schrank.

„Polizeimeister Raukel war bei Ihnen", sagte Gunter. „Sie wissen, wovon die Rede ist."

Podbilskas Blicke wieselten.

Der fühlt sich in der Falle, dachte Tom, mit dem Rücken an der Wand. Tatsächlich, er schwitzt sogar.

„Ja, ich weiß", nickte der Kfz-Mechaniker. „Ist denn was passiert? Woher haben Sie von alldem erfahren?"

„Raukel hat versucht, Karl-Otto Lorenz zu erschießen. Es ist nicht geglückt. Aber Lorenz kam nur knapp mit dem Leben davon. Haben Sie geahnt, was Raukel vorhat?"

„Ich?" Er schien zu überlegen. „Nö. Wie sollte ich. Sitze doch nicht in seinem Kopf. Der Bul... der Polizist war doch dienstlich hier, oder? Als gesetzesfürchtiger, ehrlicher Bürger habe ich ihm die ganze Schose mitgeteilt."

„Da schätzen Sie sich aber hoch ein“, meinte Gunter. „Immerhin haben Sie versucht, Lorenz zu erpressen.“

„Wie? Äh, so war das eigentlich nicht. Ich habe nur die Fotos gemacht, und dann zum Scherz ... Das war keine richtige Erpressung. Dazu bin ich gar nicht fähig. Aber der Herr Lorenz muß das wohl mißverstanden haben, denn dann kamen die beiden Schläger und ...“

„Die beiden?“ fiel ihm Gunter ins Wort. „Ich denke, es waren drei?“

„Ja. Drei, glaube ich. Oder waren es zwei? Mann, die Sache liegt ein Jahr zurück.“

„Bis drei können Sie doch zählen, oder? Und ein Jahr ist keine Ewigkeit. Wenn einem so zugesetzt wird, vergißt man das nicht.“

Der Typ nickte. „Drei. Ja, drei! Jetzt erinnere ich mich. Der Herr Lorenz lebt also? Ihm ist nichts passiert?“

„Nichts. Raukel wurde festgenommen. Er muß mit Mordanklage rechnen.“

Podbilska wischte mit dem Handrücken über seine Stirn. Er stand unter Druck. Das konnte man riechen.

Wovor hat er Angst? überlegte Tom. Vor dem, was auf ihn zukommt?

Gunter bohrte in derselben Richtung.

„Sind Sie sich darüber klar, Podbilska, daß Ihr Verhalten weder gesetzesfürchtig noch ehrlich war? Sie waren überzeugt, daß Lorenz den tödlichen Unfall verursacht hat. Aber Sie haben sich nicht an die Polizei gewandt. Stattdessen haben Sie Erpressung versucht, sich dann einschüchtern lassen und bis heute geschwiegen. Dafür wird man Sie zur Verantwortung ziehen.“

„Aber heute ... heute habe ich doch alles gesagt.“

„Haben Sie Raukel die Fotos gegeben?“

Podbilska nickte.

„Wußten Sie“, mischte sich Tom ein, „daß die damals tödlich Verunglückte Raukels Braut war?“

Der Kfz-Mechaniker glotzte. „Sie meinen, ob ich wußte, daß diese Ev...diese Frau seine Braut war?“

Er lügt ununterbrochen, dachte Tom. Aber wenn er die Wahrheit besonders malträtiert *(mißhandelt)*, wiederholt er die Frage wie ein Schwachsinniger. Das verschafft Zeit zum Überlegen.

Der Typ hatte überlegt.

„Nein“, sagte er, „das wußte ich nicht.“

„Sie hieß Eva Müller“, stellte Gunter fest, „wie Sie eben beinahe gesagt hätten.“

„Der Name stand in der Zeitung.“

„Und Sie merkten nicht, was Raukel vorhat?“

„Nein. Vielleicht ...“, er schien seine Worte abzuwägen, „hat er was gesagt. Aber darauf habe ich nicht geachtet.“

„Wenn Raukel gesagt hätte, daß er Lorenz umbringen will, hätten Sie das nicht überhört?“ forschte Gunter.

„Natürlich nicht. Dann hätte ich sofort ... äh ... seinen Vorgesetzten verständigt.“

„Brav!“ nickte Gunter. „So gehört es sich.“

Wann die Bullen zu ihm kämen, wollte Podbilska wissen. Diesmal verbesserte er sich nicht.

Gunter hob die Achseln. „Vielleicht morgen. Wenn Sie dann den Dummen auch so gekonnt spielen, wird Ihnen nicht viel passieren. Aber Sie haben Vorstrafen, nicht wahr?“

Der Kfz-Mechaniker grinste. Der dümmliche Ausdruck verschwand aus seinen schwammigen Zügen.

„Nichts Aufregendes, Herr Rehm. Hin und wieder wildere ich ein bißchen. Und einige Male habe ich Motor- und Fahrräder angekauft, die geklaut waren. Natürlich wußte ich das nicht. Leider war der Richter anderer Meinung. Aber lebenslänglich gibt’s dafür nicht.“

„Als Sie von den Schlägern überfallen wurden – hat man Sie schwer verletzt?“

Podbilska zögerte. „Ziemlich. Ich hatte Blutergüsse im Gesicht. Und Abschürfungen.“

„Wann war das?"

„Ende November vorigen Jahres."

Gunter musterte ihn. „Aber es ist alles gut verheilt."

Der Kfz-Mechaniker nickte und luchste zum Tisch, von wo ihm die Schnapsflasche zulächelte.

Offenbar hatte er Verlangen nach einem kräftigen Schluck.

Gunter sagte, wenn ihm noch was einfiele, würde er anrufen; dann gingen sie.

6. Gulasch und Bratwurst

Locke kuschelte sich in den Fond und zupfte an ihrem Pullover.

Tom hatte sich angegurtet. Gunter lenkte den Saab auf die Dorfstraße. Sie fuhren zur Stadt zurück.

„Wenn ihr mich fragt“, sagte Locke, „der Kerl lügt. Was er von sich gibt, ist ungenau, verzerrt, verblasen. Und er fühlt sich überhaupt nicht wohl in seiner Haut. Was meint ihr?“

„Stimme dir vollinhaltlich zu, Schatzi“, pflichtete ihr Tom bei. „Außerdem hatte ich den Eindruck, daß Raukel hier nicht als ermittelnder Polizist auftrat, sondern als rächender Privatmann. Und Podbilska wußte sehr wohl, was Raukel mit Lorenz vorhat. Zugeben wird er das natürlich nie. Sonst wäre er dran wegen Mittäter- oder Mitwisserschaft.“

Gunter fuhr langsam. Er ist zwar kein Raser, haßt es aber im allgemeinen, als Verkehrshindernis durch die Landschaft zu schleichen. Sein Schneckentempo fiel auf.

Im Moment schien er zu erwägen, ob er nochmal umkehren solle.

„Ich glaube“, sagte er. „der Podbi war sehr enttäuscht. Er hat gehofft, Lorenz wäre hinüber. Das merkte man doch. Oder? Naja, er war wütend wegen damals. Also ein erklärliches Verhalten. Jedenfalls bei jemandem, der den Tod für eine gerechte Strafe hält. Allerdings – wütend erschien er mir nicht. Nicht unter der Oberfläche, nicht im Herzen, nicht in der Galle. Nein, wütend ist der nicht. Aber er hat Schiß.“

„Das kannst du laut sagen“, stimmte Locke zu. „Eine Schweineangst stand dem auf der Stirn. Und die leeren Flaschen! Sicherlich ein Angsttrinker.“

Sie fuhren über den Dorfplatz.

Das einzige Gasthaus hieß ZUM GRÜNEN BAUM.

Über dem Eingang leuchtete die Lichtreklame einer bekannten Bierbrauerei.

„Wenn ich nur wüßte, an wen mich seine Stimme erinnert“,

meinte Tom. „Ich muß jemanden kennen, der genauso klirrig dröhnt."

Gunter hob die Achseln. „Über die Stimme ist mir noch nie eine Identifizierung *(Wiedererkennen)* gelungen. Dazu braucht man wohl musikalische Ohren. Das fehlt mir total. Übst du noch hin und wieder auf der Guitarre, Tom?"

„Hin und wieder."

Trotz Schneckentempos waren sie jetzt über den Dorfplatz gerollt.

Statt auf die Straße einzubiegen, die in ihrer Verlängerung zur Stadt zurückführt, fuhr Gunter einen Bogen über den Platz und hielt vor dem Gasthaus.

„Hast du Hunger?" erkundigte sich Locke. „Willst du ländlich speisen?"

„Mitnichten. Den Appetit spare ich mir auf. Für 22.00 Uhr habe ich beim Griechen – im Rhodos – einen Tisch bestellt."

„Au fein!" Locke klatschte in die Hände, als wäre schon Weihnachten.

„Nicht für euch", sagte Gunter, „sondern für Helga und mich. Wir lassen die Arbeitswoche genießerisch ausklingen. Das haben wir uns verdient."

„Hörst du, Tom!" stichelte Locke. „So leben unsere Elternteile. Und wir nagen zu Hause am Butterbrot. Nachdem die Gleichberechtigung der Frau auf dem Vormarsch ist, sollte endlich auch die Gleichberechtigung der Jugend angesagt werden."

„Das verhüte der Himmel", sagte Gunter. „Ich lade euch zu einem Kaffee ein. Oder Tee. Kommt ihr?"

Die Gaststube war ein langgestreckter Raum mit niedriger Holzdecke und verräucherten Wänden.

Kein Gast. Die Lampen im Hintergrund brannten nicht. Nur die Biertheke und die vorderen Tische waren beleuchtet.

Sie setzten sich, und aus der Küche kam eine hagere Frau mit blondgefärbten Haaren, die am Scheitel nachdunkelten.

Sie trocknete die Hände an der Schürze ab und lächelte.

Gunter bestellte drei Portionen Kaffee.

„Tom und ich möchten was essen“, sagte Locke. „Als Schlüsselkinder ist das unsere einzige Chance, zu einer warmen Mahlzeit zu kommen. Kochen Sie auch griechisch, Frau Wirtin?“

„Leider nicht. Aber ich habe griechischen Wein.“

„Alkohol lehnen wir ab. Dann also deutsche Küche." Sie überlegte. „Da wir in Eile sind – ist was fertig?"

Die Wirtin nickte. „Schweinebraten, Rinderbraten, Kalbsbraten, Bratwurst. Als internationale Spezialität habe ich Gulasch. Wollen Sie den Tee mit Milch oder Zitrone?"

„Wir wollen Kaffee", erwiderte Gunter.

„Ach so."

Locke entschied sich für Bratwurst mit Kartoffelbrei, Tom für Gulasch mit Kartoffelbrei.

„Siehst du, Papilein", lächelte Locke. „Wenn wir auch nicht zum Griechen mitdürfen, um euch beim Turteln nicht zu stören, so kommen wir doch wenigstens hier auf unsere Kosten. Schade, daß es keinen Kaviar gibt. Sonst hätte ich den bestellt."

Der Kaffee wurde bald gebracht.

Als die Wirtin wieder zur Küche wollte, hielt Gunter sie zurück.

„Ich hätte mal eine Frage. Sie kennen doch sicherlich Heinz Podbilska?"

„Den kennt hier jeder." Sie blieb stehen und legte die Hände auf die Hüften.

„Erinnern Sie sich, ob er voriges Jahr Ende November mal hier war? Oder ob Sie ihn zufällig auf der Straße gesehen haben?"

„Klar", nickte sie. „Am Samstag vor dem ersten Advent hatte der Sportverein seine Jahreshauptversammlung. Hier bei mir. Das war am 31. November, glaube ich. Der Heinz ist im Vorstand. Das heißt, er war's bis dahin. Wurde abgewählt – weil er vielen nicht paßt. Er hat zuviel auf dem Kerbholz. Und man munkelt noch so einiges. Er war dann so sauer, daß er sich total betrunken hat. Odelfischer und Spechtheim mußten ihn nach Hause bringen."

„Ich gratuliere Ihnen zu Ihrem Gedächtnis." Gunter lächelte. „Sah Podbilska schlimm aus?"

„Was meinen Sie?"

„Na, zu der Zeit war er doch im Gesicht erheblich verletzt."

Die Wirtin schüttelte den Kopf. „Keine Spur."

„Die Folgen einer Schlägerei. Das sah man im Gesicht."

„Aber nein! Das wäre mir aufgefallen. Er sah aus wie immer. Was soll denn da gewesen sein?"

„Er erzählte uns, man hätte ihn überfallen und verprügelt."

„Davon weiß niemand was."

Sie blieb noch einen Moment stehen. Da aber keine weiteren Fragen gestellt wurden – und keine Neuigkeiten übermittelt, schob sie ab in die Küche, kopfschüttelnd.

Gunter lächelte grimmig. „Dachte ich's mir. Auch das stimmt nicht. Kein Überfall. Keine Schläger. Und er wußte nicht mal mehr, was er Raukel heute mittag erzählt hat. Ob von zwei oder drei Schlägern."

„So ein Lügenbold!" fuchste sich Locke. „Und du, Gunter, hast uns wohl nur eingeladen, um das zu erfahren?"

Gunter lachte. „Dachtest du, ich lasse mich ohne zwingende Gründe mit euresgleichen in einem Dorfgasthaus sehen."

Tom setzte seine Kaffeetasse ab. „Aber warum, zum Henker, hat Podbi den Überfall erfunden?"

Nach einer Weile des Nachdenkens zuckte Gunter die Achseln.

Locke zog an ihrer rosenblätterzarten Unterlippe.

„Vielleicht", gab Tom sich selbst die Antwort, „um vor Raukel glaubhaft zu machen, daß Lorenz der Unfallfahrer ist. Die Fotos allein beweisen ja nicht allzuviel. Aber wenn jemand Schläger schickt – angeblich, um den Erpresser fertigzumachen –, dann ist das ein Schuldgeständnis."

„Also ist Lorenz gar nicht der Unfallfahrer?" überlegte Locke. „Podbi behauptet das nur. Und hetzt Raukel auf ihn, damit der den Lorenz vom Diesseits ins Jenseits befördert. Weshalb? Haß scheidet aus, denn er hat ja keine Kloppe gekriegt."

„Vielleicht haßt er ihn aus einem anderen Grund", meinte Gunter. „Ich glaube, es steckt mehr dahinter, als wir im Moment ahnen."

Die Wirtin brachte das Essen.

Die Teller waren riesig – die Portionen ebenso.

Vom Kartoffelbrei sah man nicht viel. Soße überschwemmte ihn. Und die Sauce war offenbar auf beiden Tellern gleich. Lockes Bratwurst ragte rechts und links über den Tellerrand.

„Dann werde ich mich mal hermachen über meine internationale Spezialität“, meinte Tom und probierte sein Schweinegulasch.

„Nimmst du mir die Bratwurst ab?“ fragte Locke.

„Wenn's sein muß“, nickte Tom. „Sie sieht gut aus. Durchgebraten und fett. Weshalb hast du sie bestellt, wenn du sie jetzt nicht essen willst?“

Locke schickte ihrem Vater einen verzweifelten Blick.

„Der will nun mein Freund sein. Und weiß nicht, daß ich mich – als leidenschaftliche Tierfreundin – fleischlos ernähre. Wie sollte ich sonst meiner weißen Maus in die Augen sehen. Oder Nicki. Mir geht's um den Kartoffelbrei, Engelbert. Nicht um gebratenen Tierkadaver. Fleischlose Kost wäre mir am genehmsten gewesen. Aber das hat Frau Wirtin nicht auf der Speisekarte.“

Tom verschluckte sich, als sie ‚Tierkadaver‘ sagte, und hustete in seine Papierserviette.

Dann nahm er grinsend die Bratwurst von Lockes Teller.

7. Todesurteil

In den Häusern war es still. Lorenz vermeinte zu hören, wie Schneeflocken sachte auf Dächer und Boden aufsetzten.

Hier, im geschäftigsten Teil der Fußgängerzone, wohnte seit langem niemand mehr. Alle Gebäude enthielten nur Läden, Boutiquen, Märkte, Warenlager, Büros, Praxen, Kanzleien.

Später dann würden die Opas von den Wach-Gesellschaften ihre Runde machen, auf die Türklinke drücken und sich fürchten, sobald sie dunkle Höfe betreten mußten. Die meisten Patrouillen-Gänger *(Patrouille = Streife)* waren Rentner, die sich auf diese Weise ein Zubrot verdienten.

Lorenz hatte die Hintertür verrammelt, so gut es ging.

Er schaltete das Licht aus und ging in sein Büro zurück.

Vorläufig würden ihn die Bullen in Ruhe lassen. Sie hatten nicht viel in der Hand gegen ihn.

Immerhin hatte er Ruhe bewahrt, obwohl er innerlich schäumte. Wut und Zorn wühlten in ihm. Über seinem Magen schienen sich die Muskeln knotig zu verspannen. Er kannte das. Immer, wenn ihn was wurmte, spürte er's dort. Gern hätte er noch eine Zigarre geraucht. Aber dann wäre das Magendrücken schlimmer geworden.

Er setzte sich an den Schreibtisch.

Sekundenlang starrte er vor sich hin.

In seiner ganzen Tragweite hatte er die Sache anfangs gar nicht begriffen. Es war zu ungeheuerlich. Einer seiner eigenen Leute zettelte das gegen ihn an.

Er griff zum Telefon und wählte.

Nach dem dritten Läuten wurde abgehoben.

„Mick Bräh", meldete sich eine unangenehme Stimme.

„Ich bin's", sagte Lorenz. „Kann ich reden? Bist du allein?"

„Nur frisch von der Leber weg, Chef", erwiderte Bräh. „Niemand hört uns."

„Vorhin ist was Wahnsinniges passiert, Mick. Ich muß der Reihe nach erzählen."

„Kleinen Moment, Chef, falls es länger dauert. Muß schnell das Badewasser abstellen."

Lorenz wartete. Bräh kam an den Hörer zurück und meinte, jetzt wäre er ganz Ohr.

„Voriges Jahr", sagte Lorenz, „du entsinnst dich, ist mir doch die Sache mit dieser Eva Müller passiert. War ja keine Absicht. Und hätte ich mich gestellt – davon wäre sie nicht wieder lebendig geworden. Bei Heinz habe ich dann meinen Wagen gelassen. Er hat ihn repariert."

„Und wie gut." Bräh schien zu grinsen. „Von dem Schaden war nichts mehr zu sehen."

„Richtig. Aber das Schwein hat den Wagen fotografiert, als er noch kaputt war."

„Was?"

„Er hat Fotos von meiner Karre gemacht. Verstehst du? Er hat sich Material verschafft gegen mich. Die Fotos sind immerhin ein Hinweis darauf, daß ich der Unfallfahrer bin. Es sind keine Beweise. Das zum Glück nicht! Trotzdem – mit den verdammten Fotos komme ich in Schwierigkeiten."

„Wieso?" fragte Bräh. „Was will er denn damit? Hat er dir die Fotos gezeigt?"

„Natürlich nicht. Gezeigt hat er sie heute mittag einem Polizeimeister namens Raukel. Der ..."

„Nein!" brüllte Bräh dazwischen. „Das gibt's nicht."

„Leider doch. Was ich dir erzähle, sind Tatsachen. Aber es kommt noch schlimmer. Dieser Raukel ist der ehemalige Verlobte von Eva Müller. Ein Spinner. Einer, der sich in Rachegefühle verrennt und nicht eher ruht, bis er den Unfallfahrer gefunden hat. Du glaubst es nicht: Ein Jahr lang war dieser bescheuerte Bulle auf Achse. Hat heimlich sämtliche Spengler und Mechaniker aufgesucht, bis er heute auf unseren lieben Heinz stieß. Und nun rate, was der gemacht hat!"

„Du sagtest es schon. Er hat ihm die Fotos gezeigt. Aber das kann ich nicht glauben."

„Er hat ihm die Fotos gezeigt. Daß er für mich arbeitet, hat er natürlich mit keinem Wort erwähnt. Dann wäre er ja auch blöd. Ich bin sozusagen nur als Kfz-Kunde bei ihm gewesen. Aber er, der Blitzmerker, hat durchschaut, daß ich der Unfallfahrer in der Sache Eva Müller bin. Und so hat er – hör dir das an! – versucht, mich mit den Fotos zu erpressen. Ich sei auch zum Schein darauf eingegangen. Aber dann wären drei Krawalltypen bei ihm aufgetaucht – und hätten ihn durch die Mangel gedreht. Einen Satz Fotos hätten sie ihm abgenommen – und den Tod oder so angedroht, falls er den Bullen was sagt. Weshalb er ja bis heute gekuscht habe. Aber nun ... Soweit unser lieber Heinz. Der bescheuerte Bulle ist dann bei mir aufgetaucht. Und das ist so gelaufen ..."

Er schilderte den Mordanschlag.

Bräh schnappte nach Luft.

Erstaunt stellte Lorenz fest, daß er sich während des Gesprächs eine Zigarre angezündet hatte. Ganz in Gedanken, ohne bei der Sache zu sein. Sie brannte noch nicht richtig, weil er fast ununterbrochen geredet hatte. Zum Paffen kam er erst jetzt.

„Chef", ließ sich Bräh vernehmen. „Was hat das zu bedeuten? Ist bei Heinz der Wahnsinn ausgebrochen? Oder wie muß ich das sehen?"

„Untersuchen wir mal eins nach dem andern", sagte Lorenz. „Was sein Verhalten bezweckt, ist klar: Der falsche Hund wollte, daß mich dieser Raukel umbläst. Auf der Strecke sollte ich bleiben. Daran gibt's keinen Zweifel."

„Aber warum, zum Henker? Du hast doch nie Streit mit ihm?"

„Unser lieber Heinz streitet nicht. Dazu ist er zu feige. Der wird nie mit offenem Visier auf dich zukommen. Aber hinten herum macht er dich schlecht; und wenn du nicht aufpasst, trifft er dich in den Rücken. Mal ehrlich, Mick: Hat er gemotzt über mich – oder nicht?"

„Naja, ein bißchen. Wie das so ist. Aber wirklich nur wenig. Es bestand nicht mal Grund, ihn zusammenzustauchen. Er meinte nur, du wolltest zu hoch hinaus, sähst dich als der Al Capone unserer Zeit. Was du vorhättest, würde allmählich zu gefährlich werden. Wenn ich, Olaf, Sascha oder Hartwig ihm dann sagten, er solle sich nicht in die Hose machen, war er still."

„Er hat Fracksausen. Das ist es. Instinktiv spüre ich das schon lange. Er drückt sich, wo er kann. Am liebsten, da bin ich mir sicher, würde er aussteigen. Außerdem liegen wir uns nicht. Seine Schwerfälligkeit geht mir auf den Wecker. Und er – glaube ich – haßt mich. Vielleicht weil ich ihn damals vor dieser Dorfschönheit blamiert habe, was ich eigentlich gar nicht wollte. Aber so ein Dumpfling ist nachtragend wie ein alter Elefant."

„Kann schon sein", murmelte Bräh. „Auf zwischenmenschliche Beziehungen verstehe ich mich nicht."

„Heinz will mich weghaben", Lorenz sprach auch seine weiteren Überlegungen aus. „Weil er mit uns nichts mehr am Hut hat. Weil er aufhören möchte. Aber das gibt's nicht, wie wir damals, als wir anfingen, vereinbart haben. Rückblickend sage ich: Es war ein Fehler, ihn überhaupt in unseren Verein aufzunehmen. Hartwig und Olaf haben damals für ihn gebürgt. Wir alle waren einverstanden. Außerdem brauchten wir einen Mechaniker. Und als Schütze ist er beachtlich. Aber jetzt wird er zur Last."

„Hm. Ja."

„Jetzt, Mick, hat sich's zugespitzt bis zum geht-nicht-mehr. Heinz dachte, die Gelegenheit sei günstig. Wie bequem, wenn mich der beknackte Bulle wegputzt. Damit wäre dann der Verein geplatzt, denkt sich Heinz, und er hätte es hinter sich. Begreifst du, wohin wir steuern?"

„Was meinst du, Chef?"

„Über kurz oder lang gerät unser lieber Heinz in Panik. Dann wird er uns verpfeifen."

„Bei den Bullen?" fragte Bräh erschrocken.

„Wo sonst? Beim Kirchenvorstand?"

...sein Tod
darf aber
nicht wie
eine
Hinrichtung
aussehen

„Mensch, dann ...“ Er stockte.

„Dann haben sie uns beim Wickel“, ergänzte Lorenz. „Und keiner kommt weg unter 15 Jahren Knast. Wir beide müßten mit noch mehr rechnen. Ich glaube, Mick, dieses Risiko sollten wir nicht eingehen.“

Bräh antwortete nicht sofort.

Auch Lorenz schwieg für ein paar Atemzüge.

„Ich mach's“, sagte Bräh.

„In Ordnung. Aber sein Tod darf nicht wie eine Hinrichtung aussehen.“

„Natürlich nicht.“

„Wenn er bei einem Unfall umkäme – das wäre originell. Und zwar auf dieselbe Weise wie damals diese Eva Müller. Aber nimm nicht deinen eigenen Wagen.“

„Ich klaue mir die geeignete Kutsche“, erwiderte Bräh. „Das kann ich immer noch ganz gut. Sowas verlernt man nicht.“ Er schien zu überlegen. „Hältst du's für möglich, daß die Bullen dich dann verdächtigen?“

„Erstens, Mick, werde ich ein Alibi haben. Ich bin den ganzen Tag hier im Geschäft. Und morgen abend gehe ich sofort in meine Stammkneipe und setze dort keinen Fuß vor die Tür. Außerdem ist der Ärger, den ich in der Sache Eva Müller zu erwarten habe, gering. Deswegen wird kein Zeuge stumm gemacht. Das leuchtet sogar den Bullen ein. Daß was anderes dahintersteckt, nämlich für mich und unseren Verein viel mehr auf dem Spiel steht – das ahnen die nicht.“

„Gut, Chef. Dann unternehme ich heute nichts mehr. Morgen besorge ich mir den Wagen. Abends bin ich draußen in Gernhausen. Ich passe ihn ab, wenn er von der Bahnstation kommt. Du weißt ja: Jeden Samstag besucht er seinen Vater im Altersheim. Da zischen sie einen. Heinz ist dann jedesmal sternhagelvoll. Deshalb fährt er mit dem Zug nach Gernhausen zurück. Immer mit dem, der dort um 18.24 Uhr ankommt. Ist der letzte. Den muß er nehmen. Darauf kann ich die Sache prima aufbauen.“

„Du wirst es schon machen, Mick."

„Aber sicher."

„Noch was: Kannst du Sascha und Hartwig nachher erreichen?"

„Kein Problem."

„Heute ist Freitag. Auf der Großen Schleife", so wurde ein Teil der Stadtautobahn genannt, die neuerdings fertiggestellt war, um sowohl Stadtkern als auch dichtbesiedelte Randgebiete zu entlasten, „rechnet niemand mit uns. Dort waren wir noch nie. Aber es werden bestimmt ein paar fette Brocken herumschwimmen. Sascha und Hartwig sollen zuschlagen. Noch vor Mitternacht treffen wir uns dann im Hauptquartier. Klar?"

„Klar, Chef. Noch 'ne Frage: Sollen die andern wissen, daß wir Heinz liquidieren?"

„Bei allem Vertrauen – das ist nicht unbedingt nötig."

„Also – nein?"

„Die Sache bleibt unter uns."

Lorenz blieb noch eine Weile sitzen. Genüßlich widmete er sich seiner Zigarre.

Daß er soeben ein Todesurteil gefällt hatte, behagte ihm. Das passte zu dem Bild, das er von sich hatte. Er war nicht nur der geschickteste Banden-Boss weit und breit – o nein! Einer wie er entschied auch über Schicksale und Menschen.

Schade nur, daß er vor der Öffentlichkeit als Secondhand-Kaufmann auftrat. Von denen, die den gebrauchten Plunder kauften, ahnte keiner, was in ihm steckte.

Trotzdem – als tarnende Fassade war der Laden gut. Und einiges von der Beute ließ sich hier an den Mann bringen.

Er sah zur Uhr und beschloß, nach Hause zu fahren.

Er wohnte in einem der Vororte: allein und ohne Kontakt zu den Nachbarn.

Als er das Licht löschen wollte, klingelte das Telefon.

Wer mochte das sein – um diese Zeit?

Er meldete sich.

„Hallo, Chef."

Podbilskas kreischige Stimme zitterte etwas.

Der hat Nerven, dachte Lorenz.

„Hallo, Heinz“, sagte er ruhig.

„Chef, ich bin aus allen Wolken gefallen. Ich dachte, mein Schwein pfeift. Ich dachte, ich hör’ nicht richtig. Da ist nämlich vorhi ... eben ... ist dieser Journalist Rehm bei mir gewesen und hat erzählt, was es bei dir gegeben hat.“

„Ach, ja?“

„Du glaubst das doch nicht, Chef.“

„Was soll ich nicht glauben?“

„Dieser Raukel hätte behauptet, ich würde über dich die tollsten Beschuldigungen rauslassen. Du wärst der Unfallfahrer. Ich hätte dich erpresst. Du hättest mir Schläger auf den Pelz geschickt. Ich schwöre dir, Chef: Kein Wort davon habe ich in den Mund genommen.“

„Freut mich, das zu hören, Heinz. Was hast du ihm, Raukel, denn erzählt?“

Elende Ratte! dachte er. Jetzt würgt dich die Angst. Wolltest den Bullen als Werkzeug benutzen. Aber das ist schiefgelaufen. Bin gespannt auf das Märchen.

„Nichts. Der stand plötzlich vor der Tür, dieser Raukel. Ganz als Bulle. Hat mir einen Wisch unter die Nase gehalten. Das sei ein Haussuchungsbefehl. Ich war so von den Socken, daß ich nicht genau hingeguckt habe. Dann hat er losgelegt, der Bulle, und hier ein Chaos angerichtet. Dummerweise ist er auf meinen Fotokasten gestoßen. Du weißt sicherlich, daß ich von jedem Wagen, der zu mir kommt, Fotos mache.“

„Davon hatte ich keine Ahnung, lieber Heinz.“

„Doch, doch! Von jedem. Bin nun mal mit Leib und Seele Mechaniker. Die Fotos sind sozusagen mein Tagebuch. Leider waren auch die von deinem Wagen dabei. Sehr schöne Fotos.“

„Das hoffe ich. Hättest sie mir ruhig mal zeigen können.“

„Ja. Hätte ich. Aber nun war das so: Sofort fischt Raukel die Bilder heraus und brüllt ‚Aha!‘ Dann sagt er zu mir: Das ist der Wagen von Lorenz. Sage ich: Ist er. Na und? Sagt er: Die

Fotos brauche ich als Beweis. Habe nämlich längst den Hinweis gekriegt, daß Lorenz der Unfallfahrer ist – und die Eva Müller auf dem Gewissen hat. Sage ich: Unmöglich! Niemals! Ich kenne den Herrn Lorenz. Eher würde ich den Herrn Pfarrer verdächtigen. Sagt Raukel: Ich weiß Bescheid. Lorenz war's. Und die Fotos hast du sicherlich gemacht, Podbilska, um Lorenz zu erpressen, wie? Aber der ist der Typ, der sich ein paar harte Jungs engagiert. Und die würden dich dann fertigmachen. Sage ich: Erstens gibt's bei Herrn Lorenz nichts zu erpressen. Zweitens bin ich kein Erpresser, sondern Amateurfotograf. Drittens sollten Sie Herrn Lorenz selbst fragen. Sagt er – und grinst: Was glaubst du, Podbilska, wo der Lorenz ist? Der wurde vorhin festgenommen. Er sitzt in U-Haft. Und auf dich, Podbilska, haben wir ein Auge – wegen Verschleierung eines Verbrechens. Dann, Chef, ist er abgerauscht. Ich war wie vom Jumbo gerammt. Total fertig. Hätte ich gewußt, daß das alles nicht stimmt, wäre ich ja wenigstens in der Lage gewesen, dich zu warnen. Aber so – ich kam gar nicht auf die Idee. Und weil die Bullen angeblich ein Auge auf mich haben, getraute ich mir nicht, zu unseren Jungs Kontakt aufzunehmen. Und jetzt, Chef – also, es ist wirklich nicht zu glauben –, erfahre ich, wie dieser Raukel alles verdreht, Märchen erfindet und seine Hirngespinste als meine Aussagen ausgibt. Ich meine, der ist total plemplem."

„Sicher. Trotzdem hätte er mich um ein Haar erschossen."

„Ooouuuhhh."

„Ganz recht."

„Dann stimmt es also, was dieser Rehm erzählt hat."

„Ich weiß nicht, was er erzählt hat. Aber es wird sicherlich stimmen."

„Ooouuuhhh."

„Jedenfalls weiß ich es zu schätzen, Heinz, daß du diesem Raukel nichts Belastendes über mich erzählt hast. Das konnte ich mir gleich nicht denken."

„Nein. Nicht?"

„Er ist ein Irrer."

„Jetzt wissen wir's, Chef. Als er hier war, wirkte er wie einer, der heiß auf 'ne Sache ist."

„Nur wüßte ich zu gern, wer ihm den Hinweis gegeben hat, ich sei der Unfallfahrer."

„Darüber hat er nichts gesagt. Es muß einer sein, der dich damals beobachtet hat."

„Muß wohl. Nett, daß du angerufen hast, Heinz. Ich muß jetzt weg. Tschüs."

„Schönen Abend noch, Chef."

Podbilskas Stimme klang erleichtert.

Lorenz legte auf.

Das war unser letztes Gespräch, lieber Heinz, dachte er.

*

In der Pressehaus-Tiefgarage lenkte Gunter den Saab in seine Parklücke.

Kalkiges Licht brannte. Es war kalt. Überall schwammen kleine Pfützen, was getauter Schnee war.

Locke und Tom kletterten aus dem Wagen.

Tom hatte noch den Geschmack vom Gernhausener Gulasch auf der Zunge. Nur mit Mühe hatte er die Bratwurst geschafft.

„Wir kommen noch mal mit hoch", sagte Locke, „weil wir bei dir unser Zeugs haben, Papi. Sei pünktlich nachher im Rhodos! Sonst legt dich Helga übers Knie."

„Meine Künftige", gab Gunter zurück, „regelt sowas nicht wie du. Sie ist nämlich eine Dame. Allenfalls würden mir ihre herrlichen Blauaugen einen stummen Vorwurf übermitteln."

„Hast du's gehört, Tom. Indirekt gibt er zu verstehen, ich sei keine Dame. Aber das fällt auf ihn zurück. Weil er als Erzieher und Vater versagt hat."

Sie hakte ihre beiden Männer unter.

Sie wurden zum Lift geschleppt. Alle fuhren hinauf.

„Allmählich muß ich mich auf die Strümpfe machen", sagte

Tom. „Habe der Oma nämlich versprochen, daß ich um 21.05 Uhr ihren Besuch vom Intercity abhole: Eugenie von Hauch. Mit dem Taxi werde ich die Dame nach Birkenrode hinausbringen."

„Da komme ich mit", sagte Locke.

„Du mußt sogar mit. Habe nämlich leider versäumt, die Oma zu fragen, wie ihre Jugendfreundin aussieht. Du kennst sie doch?"

Locke nickte. „Eine dufte Person. Wirklich nett. Bringt mir auch immer was mit. Wann warst du bei Oma?"

„Vorhin. Mußte das Tierschutzgeld von Herrn Lilienhahn abholen."

Gunter sagte, sie sollten Eugenie von ihm grüßen – und die Oma, seine Mutter, selbstverständlich auch.

Das Vorzimmer war leer. Melanie Frühauf hatte ihren Arbeitstag beendet.

„Und jetzt die Kripo!" murmelte Gunter.

„Die?" fragte Locke. „Weshalb?"

„Hast du meinen geheimnisvollen Anrufer vergessen, den Autobahn-Banditen Eddi Freibier? Ich muß sein Angebot weiterleiten."

Locke suchte ihre Sieben-Sachen zusammen: Sturzhelm, Einkaufstüte, Umhängetasche.

„Tschüs, Papilein!" Sie küßte ihn auf die Wange. „Grüß Helga! Wenn ich nach Hause komme, liegst du sicherlich schon im Bett. Ich bin ganz leise."

„Untersteh dich!"

Gunter scheuchte die beiden hinaus und griff dann zum Telefon.

Das Pärchen schwebte wieder in die Tiefgarage hinab.

Endlich, dachte Tom, finde ich Gelegenheit, von Omas hochherziger Spende zu berichten.

Locke schüttelte den Kopf, als er fertig war.

„Wie konntest du das Geld verlieren! Mit knapp 16 Jahren verkalkt man noch nicht."

„Vergreist und zitterig fühle ich mich auch gar nicht, Schatzi. Es ist nur so, daß eben auch Jugendliche hin und wieder was verlieren. Passiert dir das nie?“

„Nie.“

Als sie ihre Knatterstühle startklar machten, sah er sie strafend an.

„Hattest du nicht eben eine Seconhand-Shop-Einkaufstüte mit violettem 19-Mark-Pulli drin?“

Lockes Glutaugen blitzten. Ihre Mähne raschelte. Dann stelzte sie auf ihren 83,5-cm-Beinen zum Lift zurück, wo die Tüte in einer Schneewasserpfütze lag.

„Hähähäh! Jetzt freut sich der Engelbert.“

Tom verzog keine Miene.

„Wenn du grinst“, drohte sie, „kannst du was erleben.“

„Ich grinse nicht.“

„Außerdem ist es ein riesiger Unterschied, ob man diesen Fetzen verliert, der sowieso mir gehört, weil ich ihn vom eigenen Geld bezahlt ...“

„Von Gunters Wechselgeld“, stellte er richtig.

„Ist völlig egal. Jedenfalls habe ich kein fremdes Eigentum verloren. Du warst sicherlich mit deinen Gedanken ganz woanders.“

„Klar. Meine Gedanken waren bei dir. Aber das passiert mir nicht wieder.“

Er grinste, küßte sie, und stülpte sich den Helm auf und warf seinen Roller an.

Durch die Auffahrt knatterten sie ins Freie; in den dunklen, feuchten Innenstadt-Abend.

Sie fuhren zum Hauptbahnhof, wo um diese Zeit noch mächtig Betrieb herrschte.

Reisende hasteten. Lautsprecher-Durchsagen dröhnten und waren, wie immer, nahezu unverständlich. Gastarbeiter, die am Freitagabend nichts mit sich anzufangen wußten, lungerten herum. Sehnsuchtsvolle Blicke galten den Fernzügen – mit Zielbahnhof in ihrer Heimat. Zwei sehr alte Männer stritten sich um einen Kofferkuli. Jeder wollte ihn zuerst gehabt haben.

Locke und Tom machten sich auf den Weg zu Gleis 18.

Ihre Roller hatten sie im Hbf-Parkhaus abgestellt, die Helme in einem Schließfach verstaut.

Es war 20.57 Uhr.

Sie umrundeten einen Kiosk.

Dann passierte es.

Der Mann stieß gegen Locke.

Sie gab einen Quietscher von sich, strauchelte und fiel Tom an die Schulter.

„Können Sie nicht aufpassen!"

Während Tom seine Freundin mit einer Hand festhielt, riß er mit der anderen den Mann an der Schulter herum.

Er war gut gekleidet: ein Herr – im blauen Kamelhaarmantel, einen weichen Hut auf den Ohren.

Das Gesicht war glattrasiert und schweinchenrosa – mit fleischiger Nase und schweren Lippen.

Schweiß bedeckte die Haut. Der entsetzte Blick ging an Tom vorbei. Der Mann keuchte mit geöffnetem Mund.

Lieber Himmel! dachte Tom. Der ist ja total fertig.

„Fehlt Ihnen was?"

Er ließ den Mann los.

„Wie? Nein. Entschuldigung! Ich ... wollte das Fräulein nicht rempeln."

Tom nickte.

Der Mann wandte sich ab und stolperte in Richtung Ausgang.

„Was war denn mit dem?" meinte Locke. „Der hat wohl eine ziemlich schlechte Nachricht erhalten. Sieh dir die vielen Menschen hier an, Tom. Wenn man wüßte, was jeden bewegt, wie sein Tag war, wie es morgen mit ihm weitergeht. Alles Schicksale. Aber niemand weiß was vom andern. Alle laufen aneinander vorbei."

„An Eugenie von Hauch dürfen wir auf keinen Fall vorbeilaufen. Komm!"

8. Lösegeld

Jetzt war alles aus.

Der Lärm in der riesigen Bahnhofshalle erschien ihm wie Hohngelächter.

Menschen hasteten an Leopold Schächt vorbei. Er sah niemanden, wußte bereits nicht mehr, wie das hübsche Mädchen aussah, das er beinahe umgestoßen hatte – oder der Junge.

Die schienen gemerkt zu haben, daß mit ihm was nicht stimmte. Allen andern hier fiel nicht auf, daß sich sein rosiges Gesicht mehr und mehr leichenfahl färbte.

Er schleppte sich zum Ausgang.

Mit dem Taschentuch, das er aus seinem Kamelhaarmantel zerrte, tupfte er über seine schweißnasse Stirn.

Der Ausgang. Schneeluft flutete ihm entgegen.

Er hörte nicht auf die Stimme, die hinter ihm sagte: „Moment, mein Herr! Hallo, Sie!“

Eine Berührung am Arm.

Schächt erstarrte.

Ein Bahnpolizist stand neben ihm. Sein Blick forschte. Die Miene drückte Verwunderung aus. Dann schien er zu begreifen.

„Sie sind ja völlig verstört. Aber fassen sie sich. Wir haben den Dieb.“

„Was?“

Schächts fleischige Unterlippe bedeckte nie ganz die Zähne. Jetzt hing sie herab.

„Polizeimeister Fench“, stellte sich der Uniformierte vor. „Sie wurden soeben bestohlen, nicht wahr? Aber ein 13jähriger, ein helles Bürschchen, hat das beobachtet.“

„Wie bitte?“

„Ja, Tatsache! Christian – so heißt er – handelte wie der Blitz, stürmte zu uns ins Wachlokal und beschrieb sowohl den Dieb wie auch Sie. Beim Nordausgang konnten meine Kollegen den Typ fassen.“

„Beim Nordausgang", murmelte Schächt mit leerem Gesicht.

Er war wie betäubt.

„Keine Minute", nickte Fench, „hat der Ihren Koffer gehabt. Wenn Sie jetzt bitte mitkommen."

Schächt setzte einen Fuß vor den andern.

Innerlich begann er zu zittern.

Das Wachlokal.

Der Raum war überheizt.

Zwei Bahnpolizisten saßen an Schreibtischen, die Stirn an Stirn aneinander gestellt waren.

Den Dieb erkannte Schächt an dessen Haltung.

Der Mann hockte auf einer Bank, zog die Schultern hoch und starrte zu Boden: ein etwa 30jähriger Typ in schäbiger Kleidung.

Christian genoß es, daß er Mittelpunkt war.

Seine Sommersprossen leuchteten.

Soeben machte er seine Aussage.

Polizeimeister Albertini tippte das Protokoll mit zwei Fingern.

Auf seinem Schreibtisch stand auch der Koffer, ein mittelgroßer. Er war aus schwarzem Leder und hatte ein Kombinationsschloß.

„... beobachtete der Schüler Christian Schulz, wie sich der Bestohlene von seinem Koffer abwandte, zum Kiosk trat, denselben umrundete und damit aus dem Blickfeld geriet. In diesem Moment griff der Beschuldigte nach dem Koffer und ..."

Schächt merkte, daß nun aller Augen auf ihn gerichtet waren.

Er hätte strahlen müssen vor Freude. Aber er brachte kein Lächeln zustande.

Erwartungsvoll sah der Junge ihn an. Schächt räusperte sich. Wortlos drückte er ihm dann die Hand.

Himmel! dachte er. Wie ich mich benehme! Das muß ja auffallen.

„Sie sind Herr ...“ Fench sah ihn an.

„Schächt. Leopold Schächt.“

Albertini sagte: „Der Dieb heißt Ludwig Kniepe. Er ist einschlägig vorbestraft – und gibt alles zu. Wie sollte er auch anders. Ihnen, Herr Schächt, können wir einen Vorwurf nicht ersparen. Es war leichtsinnig, den Koffer so aus den Augen zu lassen. Zu gewissen Zeiten ist hier auf dem Hbf-Gelände jeder zweite ein Dieb.“

Schächt nickte.

„Jetzt müssen Sie uns über den Kofferinhalt Angaben machen“, fuhr Albertini fort. „Und es ist Vorschrift, das dann zu überprüfen.“

„Weshalb?“

„Zum einen beweist es, daß der Koffer tatsächlich Ihnen gehört. Zum anderen wegen des Finderlohns. Nennen wir's mal so. Christian steht eine Belohnung zu.“

Schächts Blick irrte umher.

„Das ist doch Ihr Koffer?“ vergewisserte sich Fench.

Schächt nickte abermals.

Albertinis Finger berührten das Zahlenschloß.

„Leer ist er nicht. Was enthält er denn nun?“

Schächt schluckte. „900000 Mark.“

Stille trat ein.

Der Lärm der Halle draußen war nur als Summen zu vernehmen.

Hier im Wachlokal schien allen – außer Schächt – der Atem zu stocken.

Schächt wischte sich über die Stirn.

„Ich muß das erklären“, sagte er tonlos. „Das Geld ist ... Lösegeld. Für meine Tochter. Jutta – sie ist zehn – wurde vorgestern entführt. Der Täter rief uns an. Er schärfte uns ein, die Polizei aus dem Spiel zu lassen. Sonst könnte er nicht für Juttas Gesundheit garantieren. Daran haben wir – meine Frau Marga und ich – uns gehalten. Ich bin jetzt auf dem Weg zum Ort der Geldübergabe.“

„Ja, um Himmels willen!“ sagte Fench. Er war völlig verblüfft. „Wohin wollen Sie?“

„Das werde ich Ihnen nicht sagen. Und ich bitte Sie, mir auf keinen Fall zu folgen. Nichts darf geschehen, was Jutta gefährdet. Als ich eben zum Kiosk ging – da war ich nahe daran, schlappzumachen. Ein Schwächeanfall. Eine Taschenflasche Cognac wollte ich mir kaufen.“

„Als der Koffer weg war – warum sind Sie nicht gleich zu uns gekommen?“ fragte Fench.

„Weil ich dachte: Jetzt so schnell wie möglich nach Hause! Den Anruf des Kidnappers abwarten! Ihm erklären, was passiert ist. Und um Aufschub bitten. Aber nun ... O Gott! Ich habe schon Zeit verloren. Geben Sie mir meinen Koffer! Ich muß weiter.“

„Können wir Ihnen helfen? Sie ein Stück fahren und ...“

„Nein, nein! Bleiben Sie von mir weg. Ich weiß doch nicht, ob ich beobachtet werde. Und Jutta ...“

Er sprach nicht weiter, sondern setzte seinen Hut auf und griff entschlossen nach dem Koffer.

*

21.05 Uhr.

Nur eine Handvoll Reisende wartete auf dem Bahnsteig, als auf Gleis 18 der Intercity einlief.

Locke und Tom hatten sich an verschiedenen Plätzen postiert.

Locke war zuständig für die vordere Hälfte des Zuges, Tom für die hintere.

Eine Siebzigerin, mittelgroß, silbergraues Haar und ein Gesicht wie ’ne Gräfin, dachte Tom. Ich wette, es steigen mehrere aus, auf die das paßt.

Lockes Triumphschrei entband ihn der Sorge.

Eine reizende Dame – mit einem Gesicht wie ’ne Gräfin – entstieg dem Großraumwagen und wurde von Locke begrüßt.

Geben Sie mir den Koffer. Ich muß weit –

„Gute Reise gehabt, Tante Eugenie? Du staunst, daß ich hier bin. Ja, Oma wollte Tom schicken. Nicht weil er der Schönere ist, sondern wegen seiner Muskeln. Wo sind deine Koffer?“

„Noch im Kofferraum. Dort, im Großraumwagen. Mein Gott, Nina. Du bist nicht nur größer geworden – du wirst auch immer hübscher. Aber meine Koffer tragen wir zusammen. Vielleicht besorgen wir uns einen Kuli.“

„Den habe ich mitgebracht“, lächelte Locke – und wies auf Tom, der herangetrabt war.

Er stellte sich vor. Eugenie hatte sehr schmale Hände. Sie trug einen eleganten Mantel, der außen wie Seide aussah. Innen war er mit Pelz gefüttert. Von einem kleinen Hütchen hing ihr ein blaßblauer Schleier übers Gesicht.

Vor 50 Jahren, dachte Tom, haben sich ihretwegen sicherlich die Jünglinge befehdet. Hoffentlich ist das mit dem Herzleiden nicht so schlimm.

„Ich hol mal die Koffer.“

„Zwei sind es, Tom. Weinrotes Leder. An beiden ist mein Namensanhänger.“

Während sich Tom um das Gepäck kümmerte, schlenderten Locke und Eugenie von Hauch hallenwärts.

Die alte Dame hatte sich bei Locke eingehakt und machte kleine Schritte.

Wie es der Oma denn gehe? Und Gunter? Und Mike?

„Hast einen sehr netten Freund, Nina. Sieht sehr sympathisch aus. Und so kräftig. Ich weiß ja ziemlich gut über ihn – über euch beide Bescheid. Elisabeth schreibt mir alles. Auch, daß ihr beide manchmal sehr wagemutig seid. Das geht aber nicht, Nina. Die Welt ist voller Gefahren.“

„Wir sind unternehmungslustig“, lächelte Locke. „Tom ist tollkühn. Aber das merkt er gar nicht, weil er Nerven wie Schiffstaue hat und enormen Mumm. Außerdem ist er verläßlich wie kein zweiter. Sein einziger Fehler: Er hat zwei verschiedene Augen. Ein blaues und ein grünes.“

„Ich habe es schon bemerkt. Behindert ihn das? Ich meine, ist ein Auge schwächer?"

„Überhaupt nicht. Nur ein Schönheitsfehler. Ich ärgere ihn, indem ich behaupte, daß ich mich auf den Sommer freue, weil er dann seine Sonnenbrille trägt, hihih!"

Tom, mit zwei mittelschweren Koffern bepackt, holte sie ein.

„Am besten, wir gehen zum Nordausgang", meinte er. „Dort sind jetzt die meisten Taxis." Er marschierte voraus.

„Weißt du, ob er ein Taschenmesser hat?" wurde Locke flüsternd von Eugenie gefragt.

„Ich glaube, ja." Dann begriff sie, was hinter der Frage steckte, und fügte schnell hinzu: „Aber kein gutes. Es tauge nichts, hat er neulich erst gesagt."

Eugenie atmete auf. „Dann habe ich ihm das richtige Geschenk mitgebracht. Schließlich will ich mich gut einführen, nicht wahr? Es ist ein ganz tolles Taschenmesser mit zwölf Teilen."

„Da wird er sich freuen."

Tom, der ein Dutzend Schritte vor ihnen war, ahnte noch nichts von der Freude.

9. Zwei Taxis auf der Großen Schleife

Eisiger Wind pfiff durch den Nordausgang.

Bevor Tom ihn erreichte, bemerkte er den Typ.

Er kam aus dem Wachlokal der Bahnpolizei, fest in seinen blauen Kamelhaarmantel gehüllt. Einen mittelgroßen Koffer hielt er in der linken Hand.

Ach, der! dachte Tom. Er erkannte den Mann, der Locke angerempelt – und sich entschuldigt hatte.

Jetzt geht's ihm wohl besser, stellte Tom fest. Vorhin stand der völlig auf dem Schlauch. Aber unsere Ordnungshüter haben ihn offenbar ins Gleichgewicht gebracht.

Weiter achtete er nicht auf ihn, sondern blieb stehen, um auf Locke und Eugenie zu warten.

„Es ist abgemacht, daß wir Sie mit dem Taxi nach Birkenrode bringen, Frau von Hauch", sagte er. „Wir fahren dann wieder hierher zurück."

Eugenie lächelte und nickte. Sie war jetzt etwas kurzatmig und machte kleine Schritte.

Sie traten hinaus in den dunklen Abend.

Ein Dutzend Taxis wartete.

Tom steuerte auf das erste zu.

Aber in diesem Moment stieg dort ein anderer ein: der Mann mit dem Koffer.

Also nahmen sie das zweite Taxi.

Der Fahrer, ein gemütlicher Typ, verstaute das Gepäck im Kofferraum. Die Damen hatten bereits im Fond Platz genommen. Tom setzte sich neben den Fahrer.

*

Leopold Schächt, der Mann mit dem Koffer, atmete auf. Er ließ sich in die Polster fallen, drehte sofort den Kopf nach hinten und starrte zur Bahnhofshalle.

Nein, niemand folgte ihm. Kein Polyp war zu sehen.

„Zum Flughafen!“ gab er dem Fahrer als Ziel an.

Der nickte, legte den Gurt um und ließ den Motor an.

Bernd Stackl war ziemlich jung und fuhr nur aushilfsweise. Damit verdiente er sich sein Studium. Er wollte Lehrer werden und stand kurz vor dem ersten Staatsexamen. Leider hatte er wenig Hoffnung, später eine Anstellung zu finden. Es gab zu viele Lehrer; und die Schülerzahlen sanken von Jahr zu Jahr. Sicherlich war's ein Fehler gewesen, daß er sich für diesen Beruf – seinen Traumberuf – entschieden hatte. Er rechnete damit, daß er noch ziemlich lange Taxi fahren würde. Schließlich mußte er von irgendwas leben.

„Zum Flughafen!“ wiederholte Schächt und atmete mit geöffnetem Mund.

Diese blöden Bullen! Zum ersten Mal seit mehreren Stunden glitt ein Grinsen über sein Gesicht. Diese Uniformträger konnten 900000 Mark nicht von 1,2 Millionen unterscheiden. Naja, einen großen Haufen Geld hatten die noch nie gesehen. Was Marga und Jutta betraf, waren sie entschuldigt. Frau und Tochter hatte er aus dem Stegreif erfunden. Das konnten die Bullen nicht wissen. Aber ansonsten! Wie schnell er die hatte einwickeln können. Und dabei hatte alles auf des Messers Schneide gestanden. Aber jetzt lag's hinter ihm. Sein Flug nach Paris war gebucht. Nachher würde er dort landen – und untertauchen. Familie hatte er zum Glück nicht. Und sein Job als Chefbuchhalter einer Großfirma hing ihm seit Jahren zum Halse heraus. Deshalb hatte er alles gut vorbereitet. Heute war Freitag. Nicht vor Montag früh würde man feststellen, daß der Tresor nichts mehr enthielt. Keine Mark der Lohngelder, keinen Pfennig des Weihnachtsgeldes, das in der kommenden Woche ausgezahlt werden sollte; an die Belegschaft der Firma.

„Also zum Flughafen“, sagte Bernd, der Fahrer.

„Bitte!“

Himmel, war das knapp gewesen! dachte Schächt, während er sich bequem zurücklehnte. So ein Fehler durfte ihm nicht

wieder passieren. Nerven! Weil er übernervös war – und auch ängstlich, hatte er seine fünf Sinne nicht beisammen gehabt. Nicht auszudenken, wenn der Dieb mit dem Koffer getürmt wäre.

Jetzt muß ich mich zusammennehmen! befahl er sich. Diebe lauern überall.

„Welche Maschine wollen Sie denn erreichen?“ fragte Bernd.

„Was?“

„Ich frage deshalb, weil wir einen Umweg machen müssen.“

„Wieso?“

„Eben kam's im Dritten Programm als Verkehrsmeldung durch. Der Flughafen-Zubringer ist gesperrt."

„Ach, du liebe Güte. Macht aber nichts. Ich habe genug Zeit. Meine Maschine geht um Mitternacht."

„Kein Problem." Bernd hatte sich in den fließenden Verkehr eingefädelt und fuhr auf die Ampel zu.

„Weshalb ist der Zubringer dicht?" fragte Schächt.

„Auf ein Konsulat – in der Wertheimer Allee, glaube ich – wurde vorhin ein Sprengstoff-Anschlag verübt. Zum Glück ist niemand ums Leben gekommen. Aber die Autobombe hat offenbar eine riesige Verwüstung angerichtet. Bäume sind umgestürzt, parkende Fahrzeuge brennen, zwei Häuser sind beschädigt. Man begreift es nicht. Wohin soll dieser Wahnsinn noch führen?"

„Jaja."

„Wir fahren am besten über den neuen Abschnitt der Stadtautobahn", sagte Bernd. „Über die Große Schleife. Um diese Zeit ist dort kein Stau. Wir verlieren höchstens eine Viertelstunde."

*

Locke und Eugenie unterhielten sich.

Tom wollte sich beteiligen, aber der Fahrer erklärte ihm eben, daß sie den kürzesten Weg nach Birkenrode nicht nehmen konnten. Wegen des Sprengstoffanschlags.

„... über den Flughafen-Zubringer und dann weiter in Richtung Otternbach", meinte der Fahrer. „Das ist die direkte Verbindung. Aber die Polizei hat alles abgesperrt. Nicht mal Anlieger dürfen durch."

Tom überlegte. „Wenn Sie über das neue Teilstück der Stadtautobahn fahren – ein großer Umweg ist das nicht."

„Kaum der Rede wert", nickte der gemütliche Typ. „Diese Strecke fahre ich sowieso lieber."

Ist das wieder ein Freitagabend, dachte Tom. Ein Polizist

dreht durch und will diesen Lorenz erschießen. Wahnsinnige – mit irgendeiner fixen Idee auf dem Programm – zünden eine Autobombe, die unbeschreiblichen Sachschaden anrichtet. Im Industrie-Viertel bricht ein gewaltiger Brand aus. Und Gunter, der das journalistisch bewältigen soll, ist mit Helga im RHODOS verabredet. Um 22 Uhr, also in einer Dreiviertelstunde. O weh!

Hinter ihm erzählte Eugenie aus ihrer Jugendzeit.

Oma Rehm spielte dabei eine gewichtige Rolle.

Offenbar waren die beiden als Teenager recht albern gewesen.

Tom sah hinaus.

Wenn er mit seinem Roller durch die abendliche Großstadt düste, konnte er nicht so oft nach links oder rechts sehen. Jetzt entdeckte er neue Blickwinkel.

Eigentlich, dachte er, müßte man viel öfter zu Fuß die Strekken ablatschen. Dann sieht man 1000 Dinge mehr. Im Vorüberrauschen entgeht das.

Vor ihnen fuhr ein Taxi.

Er erkannte das Fahrzeug, in das der Rempeltyp eingestiegen war.

Auch der sah sich um. Jedenfalls wandte er ab und zu das Gesicht zur Heckscheibe.

Locke kicherte. Eugenie lachte glockenhell.

Sogar der Fahrer schmunzelte. Offenbar hörte er zu.

Nur mir, dachte Tom, ist der Spaß vergangen. Aber man hat ja schließlich seine eigenen Gedanken.

Sie erreichten die Stadtautobahn.

Immer noch war das Taxi mit dem Rempeltyp vor ihnen.

An den beiden letzten Hochhäusern, die – weit zurückgesetzt – in einem Wohnpark standen, zischten sie vorbei. Dann begleitete nur noch die Dunkelheit zu beiden Seiten.

Der Wind pfiff im Ausstellfenster. Eine gleichmäßige Schneedecke überzog die Felder. Nach kurzer Strecke schnitt das Asphaltband in die Nordoststrecke des Stadtwaldes, was damals – vor Baubeginn – viele Proteste hervorgerufen hatte. Immerhin hatten die Straßenplaner mal wieder ein Stück schöner Natur unter ihrem Betonstreifen erstickt.

Auf der Gegenfahrbahn war Betrieb. Die Stadt lockte an – auch zu dieser Stunde noch. Morgen konnten ja die meisten ausschlafen. Morgen war Samstag.

Das Taxi mit dem Rempeltyp entfernte sich.

Hier ist nur 100 std/km erlaubt, dachte Tom.

Der gemütliche Typ neben ihm fuhr konstant 105 std/km.

In diesem Moment schoß ein Wagen, der rechts auf einem Rastplatz geparkt hatte, auf die Fahrbahn und preschte dem vorderen Taxi nach.

„Der fährt doch mindestens 140“, sagte Tom.

„Mindestens. Vielleicht eine Zivilstreife. Ich bleibe mal lieber bei 100.“

Er wurde tatsächlich langsamer, um genau fünf std/km.

Es war eine Zivilstreife.

Sie sahen, wie der Wagen das vorausfahrende Taxi anblinkte, dann überholte und sich davorsetzte.

Schon beim Einscheren wurde im Heckfenster eine Leuchtkelle bewegt.

„Polizei!“ Der Fahrer grinste. „Man muß den richtigen Riecher haben. Ich halte mich an die Vorschriften. Aber mein Kollege ist dran. 125 hatte er drauf – mindestens.“

Sie sahen noch, wie beide Wagen auf einen Parkplatz rollten, den junge Bäume zur Fahrbahn abgrenzten, dann fuhren sie vorbei.

Locke beugte sich vor und tippte Tom auf die Schulter.

„Siehst du! Das war so eine Situation. Wie soll man sich verhalten? Es hätten ja auch Autobahn-Banditen sein können.“

„Autobahn-Banditen?“ Der Fahrer lachte.

„Von denen habe ich in der Zeitung gelesen“, sagte Eugenie.

„Richtig! Die sind ja vor allem hier in eurer Gegend.“

10. Streifschuß

Um Himmels willen! Schächt krampfte die Hände in die Polster. Polizei! Das hieß, sie hatten ihn. Aber wieso? Wer konnte denn wissen, daß er die Firma bestohlen hatte? War der Chef nochmal gekommen – zu später Stunde –, um den Tresor zu überprüfen? Zum Teufel, das hatte er doch seit zehn Jahren nicht gemacht.

Bernd Stackl, der Fahrer, begann zu fluchen.

„Diese Bullen! Auf den Mond könnte ich sie schießen. Wenn unsereins überfallen wird, sind sie nie da. Und sie kommen, falls sie kommen, dann, wann sie Lust haben. Aber kaum fährt man um läppische 40 Sachen zu schnell, packen sie einen am Kragen."

„Was?" rief Schächt. „Deshalb? Sie sind zu schnell gefahren?"

„Etwas."

„Gott sei Dank!"

„Ja, was dachten Sie denn?"

Bernd hielt.

Der Wagen der Zivilstreife, ein dunkler Ford, stand vor ihnen, etwas schräg – als wollte er die Ausfahrt blockieren.

Zwei Polizisten stiegen aus.

Sie trugen Uniform, in diesem Fall Lederjacken.

Während sie ausstiegen, setzten sie ihre Uniformmützen auf.

Bernd schaltete den Motor aus und öffnete das Fenster.

Der größere der beiden Uniformierten trat etwas beiseite und wandte sich zur Einfahrt.

Der andere kam ans Fenster.

„Steigen Sie aus", sagte er unfreundlich.

„Wie Sie wünschen, Herr Wachtmeister", meinte Bernd.

Er hielt die Papiere bereit.

Als er im Freien stand, beugte sich der Polizist an ihm vorbei zum Lenkrad und löschte die Scheinwerfer.

In diesem Moment sah Bernd die Pistole.

...Her mit den
TAXI

Der Polizist hielt sie in der Hand, die Mündung nach unten gerichtet. Auch der andere hatte seine Waffe gezogen und trat jetzt hinzu.

„Alles klar“, sagte er leise. „Weit und breit kein Aas.“

„Heh!“ meinte Bernd. „Ich bin nicht zur Fahndung ausgeschrieben. Bin auch kein Terrorist. Und mit dem Sprengstoffanschlag habe ich schon gar nichts zu tun. Oder ist der ...“

Sein Fahrgast fiel ihm ein. Hätte er etwa einen gesuchten Verbrecher gefahren?

Der größere Polizist öffnete die Tür.

„Komm raus, Junge! Aber Tempo!“

Die Innenbeleuchtung war aufgeflammt.

Bernd sah, wie sein Fahrgast in die entfernte Ecke rückte. Entsetzt starrte er den Uniformierten an.

„Wird's bald!“ brüllte der.

Bernd wandte sich an den andern. „Wachtmeister, ich hatte ja keine Ahnung, daß der gesucht wird. Sonst ...“

Hart stieß ihm die Pistolenmündung vor den Magen. Bernd keuchte. Der Schmerz ließ ihn zusammenknicken.

„Idiot!“ sagte der vermeintliche Polizist. „Du begreifst wirklich langsam. Wir sehen nur wie Bullen aus. Aber du kriegst keinen Strafzettel, sondern eins aufs Gehirn – wenn du nicht genügend Kohle bei dir hast. Her mit dem Geld!“

Für einen Moment war Bernd wie erstarrt. Dann ging ihm ein Licht auf. Das war ein Überfall! Und er hatte fast 800 Mark bei sich – weil er schon seit heute mittag fuhr und der Tag mit drei Fernfahrten sehr gut gewesen war.

„Da kann man nichts machen“, murmelte er – und übergab seinen Geldbeutel.

Der zweite Räuber hatte Schächt ins Freie gezerrt.

Zitternd lehnte der am Kofferraum, während ihm Brieftasche und Portemonnaie abgenommen wurden.

„Dieser Hosenkacker hat 'ne Menge Zaster“, freute sich der größere Räuber. „In seiner Brieftasche knistern die Scheinchen. Wohin geht denn die Reise, heh?“

„Ich ... äh ... ich ...“, stotterte Schächt. Verzweifelt versuchte er, den Flughafen nicht zu nennen.

Wenn er dorthin wollte, hatte er Gepäck bei sich. Das lag auf der Hand. Seinen Koffer würden sie ihm wegnehmen. Und dann ...

„Wohin du willst, habe ich gefragt!“

„Nach ... äh ...“

„Er will zum Flughafen“, sagte Bernd, weil er sah, wie der Verbrecher zum Schlag ausholte.

Der ließ den Arm sinken und warf einen Blick zur Einfahrt. Aber kein Wagen kam.

„Sieh mal im Kofferraum nach!“ sagte der kleinere Ganove.

Schächt klapperte mit den Zähnen. Es war deutlich zu hören. Er verfluchte sich. Aber er konnte es nicht vermeiden.

Als der Deckel geöffnet wurde, ging im Kofferraum das Licht an.

Bernd versuchte, die Gesichter der beiden zu erkennen. Leider reichte die Beleuchtung nicht aus.

„Schöner Koffer!“ sagte der Größere. „Mit Zahlenschloß. Los, Hosenkacker! Mach's auf!“

Schächt taumelte die zwei Schritte zum Heck. Wieder – wie vorhin im Hauptbahnhof – tat sich der Abgrund vor ihm auf. Das konnte nicht wahr sein! Wieso spielte ihm das Schicksal so mit? Andere hatten doch Glück, wenn sie betrogen, stahlen, raubten – tauchten unter und wurden nie gefaßt. Weshalb wurden ausgerechnet ihm diese Fallen gestellt? Aber vorhin war es glimpflich verlaufen. Vielleicht gelang es auch jetzt, diese Hürde zu nehmen. War das alles als Bewährungsprobe zu verstehen? Und nur wenn er hart blieb, hatte er auch ein Anrecht auf das Geld?

„Der Koffer gehört mir nicht“, hörte er sich sagen. „Ich transportiere ihn nur. Für einen Freund. Das Zahlenschloß kann ich nicht öffnen.“

„Ich wette, du kannst“, sagte der Ganove – und schlug ihm die Pistole auf den Kopf.

Schächt schrie auf und sackte in die Knie.

Entsetzt hielt Bernd den Atem an. Er fühlte sich hilflos. Hilflos und ausgeliefert. Sein Fahrgast war ihm nicht sonderlich sympathisch. Aber jetzt hatte er Mitleid mit ihm.

Mit zitternden Händen öffnete Schächt den Koffer.

„Mensch, Sascha!“ entfuhr es dem Großen.

Er war so verblüfft, daß er seinen Komplicen mit Namen anredete.

Sascha zerbiß einen Fluch und trat näher.

„Mann!“ flüsterte er. „Das gibt's nicht. Das ... Sag mal: Ist heute Weihnachten?“

In diesem Moment ergriff Bernd die Flucht.

Er glaubte sich unbeobachtet.

Nur ein Dutzend Schritte trennte ihn von den Bäumen.

Wenn er die erreichte, konnte er im Wald verschwinden. Dann war er gerettet.

Vorn rannte er um den Wagen herum. Angst nahm ihm die Luft. Vielleicht war das ganz falsch. Aber sein Unterbewußtsein hatte so entschieden. Weiter!

Nach fünf oder sechs Schritten glitt er aus.

Der Boden war vereist. Die Füße sausten unter ihm weg. In derselben Sekunde krachte der Schuß, und er spürte einen scharfen, reißenden Schmerz am Ohr.

Sein Schrei stieß in die Schneeluft.

Er stürzte zu Boden und wußte, daß ihn die Kugel gestreift hatte. Nur ein Streifschuß, aber ...

Ohne einen Mucks blieb er liegen. Sich totstellen: das konnte die Rettung sein.

„Verdammt!“ hörte er die Stimme des Großen. „Weg jetzt! Nimm den Koffer!“

Was Schächt betraf – das besorgte der Große.

Mit einem Hieb ins Genick streckte er den ungetreuen Chefbuchhalter zu Boden.

Der war schon bewußtlos, bevor ihn die Schneedecke auffing.

Bernd hörte, wie die beiden zu ihrem Wagen rannten.

Metall klirrte, als der Koffer auf den Rücksitz geworfen wurde – und dabei an Türpfosten stieß.

Sie schalteten die Scheinwerfer ein, bevor sie abfuhren.

Bernd verharrte in seiner Bauchlage, wandte aber den Kopf und konnte das Kennzeichen lesen.

Der Wagen verschwand vorn in der Ausfahrt.

Bernd sprang auf.

Sofort wurde ihm übel. Knieweich stolperte er zum Wagen. Ein Zittern befiel ihn. Er stützte sich ans Dach, würgte und spuckte.

Nur um Haaresbreite, buchstäblich, war er dem Tod entgangen. Daß er ausgerutscht war – diesem Umstand verdankte er sein Leben. Sonst wäre ihm die Kugel in den Kopf geschlagen, statt nur das Ohr zu ritzen. Innere Kälte ließ ihn schnattern. Er tastete nach seinem Ohr und fühlte Blut.

Die Wunde begann zu brennen.

Aber wie lächerlich war das – im Vergleich zu dem wiedergeschenkten Leben.

Er schleppte sich nach hinten.

Sein Fahrgast regte sich nicht.

Er zog ihn seitlich an den Wagen und richtete ihn in sitzende Haltung auf. Er hatte Zweifel, ob das richtig war. Aber ihm fiel nichts anderes ein. Der Mann atmete, und sein Puls war gut zu fühlen.

Wie eine Sternschnuppe durchzuckte der richtige Einfall Bernds Kopf.

Rasch öffnete er die Fahrertür und glitt hinters Lenkrad. Die Funkverbindung zur Zentrale! Wozu fuhr er ein Funktaxi! Himmel noch eins!

„Hallo, Zentrale!“ meldete er sich. „Hier Wagen 645, Bernd Stackl. Ich bin eben überfallen worden. Notier mal, Alma! Position: Rastplatz Buchhalde an der Großen Schleife. Täter sind als Polizisten verkleidet. Zwei Typen. Sie fahren in Richtung Otternbach. Oder zum Flughafen. Der Wagen ist ein dunkler Ford mit dem Kennzeichen ...“

Er nannte Ziffern und Zahlen. „Beide Täter sind bewaffnet. Mein Fahrgast wurde niedergeschlagen, sein Koffer geraubt. Der Mann ist noch bewußtlos. Auf mich haben sie geschossen."

„Bist du verletzt?"

Alma, die in der Zentrale die Fäden zusammenhielt, war entsetzt. Das merkte er. Aber ihre Stimme klang deutlich.

„Es ist nur ein Streifschuß am Ohr. Nicht so wild. Aber die Einnahmen haben sie mir abgenommen."

„Bleib, wo du bist, Bernd! Polizei kommt sofort. Und natürlich auch die Ambulanz *(Krankentransportwagen)*."

*

Bernds Notruf wurde von seinen Kollegen mitgehört.

Etwa fünf Minuten später meldete sich ein Fahrer über Funk bei der Zentrale.

„Ich bin hier am Ende der Großen Schleife, Abfahrt Otternbach. Der dunkle Ford mit den Gangstern ist vor mir. Sie fahren in Richtung Otternbach-Birkenrode. Moment, Alma! Ich glaube, die hören mit. Jetzt drücken sie auf die Tube. Ja, die fliehen."

*

Im Polizeipräsidium stand Oberkommissar Hochtürh vor der wandgroßen Gebietskarte. Sie ist von der Rückseite her erleuchtet und verzeichnet jede Straßenverbindung innerhalb der Großstadt und des Umlandes. Blinkende Punkte – in Hellgrün – zeigen die Position aller im Dienst befindlichen Streifenwagen an. Im Polizeifunkverkehr tragen sie die Bezeichnung City sowie eine Nummer.

Fünf Augenpaare folgten den Bewegungen, die Hochtürh mit einem langen Zeigestock machte.

„Die haben wir. Da kommen sie nicht mehr raus. Das verdanken wir der schnellen Benachrichtigung durch diesen Bernd Stackl. Hier ungefähr bewegt sich der Ford. Hier steht City 17, hier City 49, hier City 9. Das heißt, die Täter sind ringsum abgeriegelt. Aus dem Dreieck Birkenrode, Dröstdorf, Heilsheim können sie nicht entkommen. Jedenfalls nicht mit dem Wagen. Offensichtlich fliehen sie in Richtung Birkenrode. In der Kurve – auf halbem Weg zwischen Otternbach und Birkenrode – errichtet City 41 eine Straßensperre. City 20 ist zur Verstärkung unterwegs, wird aber nicht rechtzeitig eintreffen. Denn in spätestens ein bis zwei Minuten erreicht der Ford die Sperre. Hoffentlich geht ... Wer fährt City 41?"

„Kleisewinkel und Bonhoff", antwortete einer der Einsatzleiter.

Hochtürh nickte. „Ich fahre raus. Zum Rastplatz Buchhalde ist alles unterwegs?"

„Die müßten bald dort sein."

11. Verdächtiges Verhalten

Als sie die Rückfahrt antraten, setzte sich Tom zu Locke in den Fond.

So konnte er den Arm um sie legen und ganz aus der Nähe das entzückende Silberkettchen bewundern: ein Gastgeschenk – sozusagen – von Eugenie von Hauch.

„Steht dir großartig", meinte er – und küßte sie auf die Nasenspitze.

„Sauberbleiben, ihr beiden!" lachte der gemütliche Fahrer. „Also zurück zum Hbf?"

„Schlankweg", erwiderte Tom. „Dort warten unsere Knatterstühle. Und dann wird es Zeit, daß diese junge Dame ins Bett kommt. Sie ist noch nicht mal 15."

„Schönes Alter", nickte der Fahrer. „Ich war auch mal 15."

Sie fuhren denselben Weg zurück.

Draußen zeigte die Nacht ein ungastliches Gesicht.

Locke kuschelte sich an Toms Schulter.

„War irre, wie sich Oma und Eugenie gefreut haben, was?"

Tom nickte. „Wenn eine Freundschaft ein Leben lang hält – das will was heißen. Beide haben ihre Männer überlebt. Und jetzt, wo sie im Herbst des Lebens stehen, schließt sich der Kreis. Sie sehen zurück. Ist irgendwie rührend."

„Bis uns das überkommt, haben wir noch 60 Jahre Zeit."

„An meiner Seite werden die für dich scheinbar wie im Fluge vergehen. Weil's bei mir nie langweilig ist. Trotzdem sind 60 Jahre eben 60 Jahre und kein Jahr weniger. Also kein Grund zur Traurigkeit, Locke-Schatz."

„Was, um Himmels willen, veranlaßt dich zu der Annahme, ich würde mein Leben an deiner Seite verplempern? Ich langweile mich jetzt schon. Das einzige, was dich erträglich macht, ist das neue Taschenmesser. Zeig mal her!"

„Wenn's dir gefällt, können wir tauschen. Ich kriege die Kette, du nimmst das Messer."

„Du könntest es mir als Geschenk aufdrängen, statt die

Kette im Gegenzug zu verlangen. Bei dir bricht ja jetzt schon der Geiz aus. Und das soll ich weitere 60 Jahre aushalten?“

Der Fahrer lachte lauthals.

Dann fesselte eine Sprechfunk-Durchsage seine Aufmerksamkeit.

Auch das Pärchen hörte mit.

Kein Wort von dem, was Bernd Stackl jener Alma in der Zentrale meldete, entging ihnen.

„... Ambulanz“, sagte Alma, womit der Funkkontakt zu Ende war.

„Hah!“ rief Locke. „Da haben wir's. Meine Sorge ist völlig real *(wirklich)*. Von wegen Zivilstreife! Autobahn-Banditen waren das. Und wir drei Hornochsen ... Verzeihung, Herr ...“

„Plotow“, stellte er sich vor. „Achim Plotow. Den Hornochsen verzeihe ich dir. Und ich meine, du gehst zu streng um mit uns dreien. Wir konnten das wirklich nicht ahnen.“

Sie waren bereits auf der Stadtautobahn, Teilstück Große Schleife.

„Mich hat mein Instinkt gewarnt“, sagte Locke. „Als ich das Manöver vorhin sah, hatte ich ein ungutes Gefühl. Klar! Diesen sechsten Sinn kann man bei Männern nicht erwarten. Da muß man schon froh sein, wenn die andern fünf funktionieren. Aber ich hätte auf mich hören sollen. Pech!“

Tom spähte zur Gegenfahrbahn hinüber.

Dort war alles dunkel. Nur in der Ferne deutete eine Lichtglocke am Himmel den Flughafen an.

„Sind wir bald in Höhe von Rastplatz Buchhalde?“ fragte er.

„Es ist nicht mehr weit“, nickte Plotow.

„Dann haben wir die Typen verpaßt. Vermutlich sind sie an uns vorbeigekommen.“

„Viel Betrieb war nicht“, meinte Plotow. „Aber vier oder fünf Wagen sind uns begegnet. Ob ein dunkler Ford dabei war, kann ich nicht sagen.“

Kurz darauf hörten sie die Durchsage des zweiten Fahrers. Dann mäßigte Plotow das Tempo.

„Dort drüben ist der Rastplatz. Aber Stackl hat noch keine Hilfe. Sonst würden wir die Lichter von Polizei und Ambulanz sehen."

Er fuhr auf den rechten Seitenstreifen und hielt.

Um nachfolgende Fahrzeuge zu warnen, schaltete er die Blinkleuchte ein.

Doch jetzt war der Verkehr auf Null abgeflaut. In beiden Richtungen sah man nur endlose Dunkelheit.

Sie liefen hinüber, stiegen über die Mittelplanke und überquerten auch die andere Fahrbahn.

„Stackl!" rief Plotow.

„Hier!" kam die Antwort von jenseits der jungen Bäume.

Sie liefen durch die Ausfahrt, weil das der kürzere Weg war.

Eisiger Wind schien von allen Seiten zu kommen. Er nahm keine Rücksicht auf die besondere Situation.

Das Taxi stand noch an derselben Stelle.

Stackl hatte seinen bewußtlosen Fahrgast in den Fond gezerrt.

Er lag auf den Rücksitzen. Aber die Beine ragten ins Freie.

„Er hat eine auf die Nuß gekriegt", erklärte Stackl schnatternd. „Himmel, ich wußte gar nicht, daß man so zittern kann. Irgendwas in mir ist in Aufruhr."

„Der Schreck", sagte Plotow. „Setz dich doch rein, Mann. Darfst dich nicht zusätzlich verkühlen."

Stackl gehorchte. Hinter dem Lenkrad schnatterte er weiter. Locke setzte sich zu ihm.

Tom, der in Erster Hilfe perfekt ist, untersuchte den Bewußtlosen.

„Der wird gleich wieder. Mehr als eine Gehirnerschütterung ist nicht zu befürchten."

„Der Sohn der Tierärztin spricht", sagte Locke. „Er kann sogar schon Maul- und Klauenseuche von Keuchhusten unterscheiden."

„Die beiden sind miteinander befreundet", erklärte Plotow seinem verdutzten Kollegen. „Ich glaube, sie mögen sich sehr."

Stackl zwängte ein Lächeln in sein Schnattern.

„Seinen Koffer", sagte er, „haben die Mistkerle mitgenommen. Er mußte ihn öffnen, hat sich aber vorher sehr gewunden. Dann waren die beiden wie vom Donner gerührt. Der eine hat den andern sogar mit Namen angeredet – versehentlich. Sascha, hat er gesagt. Leider konnte ich nicht sehen, was im Koffer ist. Aber das erfahren wir ja, sobald unser Langschläfer munter wird."

„Können Sie die Täter beschreiben?" fragte Tom.

„Leider nicht. Es war zu dunkel. Der eine hat eine hünenhafte Figur. Sascha ist mittleres Format."

Der Bewußtlose regte sich.

Er wachte auf, starrte umher und stöhnte.

„Wie fühlen Sie sich?" fragte Tom.

„Ich ... lebe. Das ist doch schon was."

„Nennen Sie mich Tom. Und wer sind Sie?"

„Leopold Schächt ... äh ... naja."

Tut's dem leid, daß er sich vorgestellt hat? dachte Tom. Vorhin im Hbf stand er völlig neben sich. Jetzt wird er ausgeraubt und niedergeschlagen. Das scheint heute nicht sein Glückstag zu sein.

Mit Toms Hilfe richtete sich Schächt auf.

Ihm ginge es gut, meinte er und betastete sein Genick.

Sirenengeheul näherte sich.

Ein Streifenwagen, gefolgt von der Ambulanz, preschte auf den Parkplatz. Alle begrüßten das. Mit einer Ausnahem.

Offenbar brannten bei Schächt die Sicherungen durch.

Mit einem Fluch sprang er aus dem Wagen.

Verblüfft starrten die andern ihm nach.

Schächt taumelte zwei Schritte. Dann begann er zu rennen – und hielt auf die Bäume zu.

Tom holte ihn ein, bevor er auf die vereiste Stelle geriet. Schächt wurde an der Schulter gepackt.

„Was ist denn los, Meister? Die Polizei ist gekommen. Der Notarzt will sich um Sie kümmern. Die sind's – und nicht die Räuber."

Schächt ächzte, unternahm aber keinen Versuch, sich loszureißen.

Tom führte ihn zurück, ohne seinen Mantel loszulassen.

Zwei Polizisten kamen auf sie zu.

„Ich glaube", sagte Tom, „den Herrn sollten Sie nicht nur als Opfer behandeln, sondern genauestens überprüfen. Er verhält sich, als hätte er eine Leiche im Keller. Hoffentlich nicht im Koffer... Nein, dann wären die Banditen nicht so begeistert gewesen."

12. Flucht im Schneegestöber

Sascha Fühmert hatte weißblondes Haar. Aber das versteckte der 34jährige unter seiner Uniformmütze.

Er fuhr. Als Chauffeur war er Hartwig Nitten, seinem hünenhaften Komplicen, überlegen. Der griff zwar hart durch, wenn die Opfer Widerstand leisteten. Aber am Lenkrad reagierte er zu langsam. Das konnte verhängnisvoll sein. Besonders wenn sie sich auf der Flucht befanden – wie jetzt.

Sie hatten Bernds Durchsage mitgehört – und auch die des zweiten Fahrers.

Hartwig fluchte. „Verstehst du das? Dieses Jüngelchen ist doch umgekippt. Ich dachte, du hättest ihn erwischt. Der fiel doch im Schuß."

„Dachte ich auch", knurrte Sascha. „Ist aber nicht. Besser so! Hat seinen Vorteil. Einen umzulegen, ist wirklich das letzte. Es war ein Reflex. Als der Typ rannte, habe ich geschossen – ohne nachzudenken. Eigentlich wollte ich das gar nicht."

„So oder so – jetzt wird's uns angehängt. Aber lebend kriegen sie mich nicht. Nie."

Sascha sah in den Rückspiegel.

Das Scheinwerferpaar, das ihn lange beunruhigt hatte, war verschwunden.

Sie preschten die verschneite Landstraße entlang. Zu beiden Seiten dehnten sich Felder aus. Leuchtpfähle markierten den Straßenrand. In langen Sätzen verschwand ein Hase aus dem Scheinwerferlicht.

Die Straße führte an Otternbach vorbei.

Sie sahen Licht in den geduckten Häusern. Ein Motorradfahrer kam ihnen entgegen, bog ab und verschwand zwischen den Gebäuden.

„Jetzt ist bei den Bullen was los", murmelte Sascha. „Hoffentlich schaffen wir's noch. Bis zum Hauptquartier – das sind ... O wei!"

„Klar schaffen wir's. Denk an das Geld. Ein ganzer Koffer voll Kohle. Mann, o Mann! Ich könnt' aus der Pelle fahren. So was von einem Fang! Aber ich durchschaue das nicht. Wer ist der Typ? Woher hat er das Geld? Wieso gurkt er damit in der Gegend rum?"

„Vielleicht gehört er zur Mafia." Sascha grinste.

„Mal den Teufel nicht an die Wand. Wenn wir der Mafia was wegnehmen, können wir uns gratulieren! Aber das ist es nicht. Die Jungs sind clever. Nie würden die so einen Hosenkacker nehmen."

Sascha nickte. „Wahrscheinlich ist er Geldkurier für einen Privatmann. Uns kann's egal sein. Hauptsache, das Geld ist echt."

Sie fuhren auf ein Waldstück zu. Ab hier gehörten Feld und Flur bereits zum Dorf Birkenrode.

Es begann zu schneien. Flocken wirbelten.

Unter den Bäumen beschrieb die Straße eine enge Kurve.

Unmittelbar dahinter hatten Kleisewinkel und Bonhoff vom Streifenwagen City 41 die Straßensperre errichtet.

Sie war primitiv. Die Beamten konnten nur verwenden, was sie zufällig im Kofferraum mit sich führten: zwei zusammenklappbare Holzböcke – in Signalfarben gestreift. Und einen gleichartigen Balken, der aus zwei Teilen bestand.

Diese Barriere blockierte die Fahrbahn, die hier – unter dichten Bäumen– vom Winter noch weitgehend verschont war. Es war eine geschützte Stelle in der Landschaft. Die Bäume trugen noch immer ihr Herbstgrün, und der schneeige Zuckerguß hatte sich in Wasser verwandelt.

„Achtung!" brüllte Sascha.

„Das ... eh ... das sind ja Bullen!" schrie Hartwig, der immer verspätet kapierte.

City 41, der Polizeiwagen, parkte an der Seite.

Kleisewinkel hatte sich links, Bonhoff rechts der Fahrbahn postiert.

„Ich brech durch!" brüllte Sascha – und trat aufs Gas.

Der Motor dröhnte auf.

Instinktiv zogen beide die Köpfe ein.

Der Ford schoß auf die Barriere zu.

Krachend rammte er den Balken, der wie Zunder zerbrach. Seine Teile flogen rechts und links in die Gegend. Splitter wirbelten in der Luft.

Für einen Moment erfaßte das Scheinwerferlicht die beiden Polizisten. Während der eine zurücktaumelte, brachte sich der andere mit einem Sprung in Sicherheit.

„Ducken!“ schrie Sascha, während der Ford durch die Kurve schlingerte.

„Was?“

„Duck dich! Die schießen. Der eine griff schon zur Waffe. Die ...“

Schon peitschten die Schüsse auf.

Blech wimmerte, als die Geschosse in die Karosserie schlugen.

Hinten rechts begann der Wagen zu rucken.

Sascha begriff. Ein Reifen war getroffen. Wahrscheinlich flogen die Gummifetzen umher. Gleich würden sie auf der Felge fahren. Und dann?

Wieder knallten zwei Schüsse.

Die Fahrertür, von den Projektilen getroffen, schien sich nach innen zu wölben. Und in der gleichen Sekunde spürte Sascha den schneidenden Schmerz.

Er kippte nach vorn, hielt sich am Lenkrad fest und ließ den Fuß auf dem Gas.

In seinem linken Bein war plötzlich kein Gefühl mehr. Der Schmerz wich einer seltsamen Taubheit. Knie und Unterschenkel wurden kalt.

„Mich ... hat's erwischt“, ächzte Sascha.

„Was? Bist du getroffen?“

„Ich fühle mein Bein nicht mehr.“

Er nahm eine Hand vom Lenkrad und tastete hinunter.

Der Oberschenkel war klebrig. Blut!

Gleichzeitig – wie um die Katastrophe abzurunden – begann das rechte Hinterrad zu holpern, als wäre es viereckig.

„Verdammt!" murmelte Hartwig. „Wo kommen die plötzlich her? So schnell! Mensch, wer ahnt denn das? Ich denke, das sind Beamte. Und Beamte sind langsam. Die wollen doch befördert werden. Zum Teufel! Doch nicht auf unsere Kosten. Mensch, kannst du nicht ruhiger fahren. Da werden ja meine Bandscheiben verrückt. Heh, haben wir etwa 'nen Platten?"

„Ich habe eine Kugel im Schenkel, du Armleuchter!" schrie Sascha. „Das interessiert dich wohl gar nicht. Ich verblute, du Rindvieh. Mir wird schon ganz schwarz vor Augen."

Er übertrieb nicht.

Der Schock wirkte.

Wichtige Verbindungsteile im Nervensystem fielen aus.

Sascha sah zwar den Chausseebaum. Aber er schien ihn für ein Trugbild zu halten – für bemalte Winterluft.

Oder seine Reaktion machte Pause.

Jedenfalls landete der Wagen am Baum – frontal; und nur das geringe Tempo verhinderte Personenschaden.

Metall kreischte. Glas splitterte. Der Baum schüttelte sich und warf eine Schneeladung ab, die auf Dach und Windschutzscheibe landete.

Die Scheinwerfer erloschen. Beide Türen sprangen auf.

Hartwig atmete dreimal tief durch.

„Bist du verletzt?" fragte er.

„Nicht mehr als vorher. Aber das reicht."

„Sauber, sauber! Wir haben einen Koffer voll Geld. Aber wir sitzen in der Tinte."

Er sprang aus dem Wagen, hielt seine Pistole in der Hand und blickte zurück.

Nur Dunkelheit. Keine Scheinwerfer. Keine Verfolger. Getrauten sich die Bullen nicht? War ihnen der Motor eingefroren, oder hatten sie vergessen zu tanken?

Die warten auf Verstärkung, und dann werden sie uns jagen, dachte Hartwig. Aber wir haben eine Chance.

Mit dem Wagen war kein Weiterkommen. Der war im Eimer. Er lief zur anderen Seite.

Der Schnee fiel jetzt in dicken Flocken. Plötzlich war nur noch Weiß um ihn. Die Sicht verringerte sich auf wenige Schritte.

„Kannst du laufen?“

Er zog Sascha aus dem Wagen, lehnte ihn gegen den Kühler und holte den Koffer vom Rücksitz.

„Laufen?“ fragte der Verwundete benommen. „Weiß nicht. Mir ist übel. Es klopft jetzt im Bein.“

Hartwig blickte wieder die Straße entlang. In beiden Richtungen tat sich nichts.

Scheinwerfer hätte er wahrgenommen – trotz Schneetreibens.

Er kauerte sich vor seinen Komplicen hin.

Vorsichtig untersuchte er das Bein.

„Au!“ jaulte Sascha. „Du Rindvieh! Willst du mich umbringen?“

„Sei nicht so wehleidig. Habe ja deine Stelze kaum berührt. Der Knochen ist wohl nicht verletzt. Aber das Geschoß hat ganz schön was vom Fleisch mitgenommen. Gib mal deinen Gürtel. Ich binde die Wunde ab. Dann joggen wir los.“

„Was? Wohin?“ Stöhnend nestelte Sascha seinen Gürtel aus den Schlaufen.

„Wohin? Erst mal weg von hier. Wir sind höchstens einen Kilometer von der Straßensperre entfernt. Und ich glaube nicht, daß die jetzt Feierabend machen – nur weil es schneit. Gleich werden sie antanzen. Wir türmen querfeldein. Du hüpfst rechts. Links stütze ich dich. Wenn du nicht mehr kannst, nehme ich dich auf die Schulter. Dich und den Koffer. Daß wir im Schnee fast ersaufen, ist unser Glück. Der deckt die Spuren zu. Selbst wenn du Blutspuren hinterläßt, ist da bald eine Schicht drauf.“

Er zog den Gürtel fest. „So das wär's.“

Sascha setzte den linken Fuß auf den Boden.

„Bevor du's abgebunden hast, fühlte ich mein Bein wieder. Jetzt ist es so tot wie mein Urgroßvater.“

„Macht nichts. Hauptsache, du behältst den Lebenssaft bei dir.“

„Du kannst doch nicht ziellos in die Gegend tapern.“

„Nein. Aber wir müssen weg von der Straße.“

Hartwig stützte seinen Komplicen. In der anderen Hand hielt er den Koffer. Im rechten Winkel entfernten sie sich von der Landstraße. Bis zum Knöchel sackten sie ein im Schnee.

Wiesen und Weiden erstreckten sich nach beiden Seiten. Sie mußten über Stacheldraht steigen.

Nach kurzer Strecke blickte Hartwig zurück.

Baum und Autowrack waren hinter dem Schneevorhang verschwunden. Gut so! Also konnte man auch sie von der Straße aus nicht sehen.

Sie hielten sich parallel zu ihr.

Hartwig kannte die Gegend. Zweimal änderte er die Richtung.

Bis Birkenrode war es nicht mehr weit, wie er wußte. Leider kamen sie nur langsam voran.

Sascha stöhnte. Schwerer und schwerer hing er an seinem Komplicen.

Immer öfter knickten dem Verwundeten die Knie ein. Er begann zu keuchen. Kalter Schweiß lief ihm übers Gesicht.

„Du! Ich ... ich schaff's nicht. Mir ... mir ist so schwach."

„Nur noch ein kurzes Stück, Junge. Gleich sind wir am Dorfrand. Ich rieche die ersten Häuser bereits."

„Und? Willst du anklopfen und um ein Heftpflaster bitten?"

„Laß mich nur machen."

„Was hast du vor?" Sascha sprach mühsam.

„Daß die Bullen bis jetzt noch nicht da sind, ist nur die Ruhe vor dem Sturm. Ich wette, die ganze Gegend ist abgeriegelt. Straßensperren an jeder Kreuzung. Kontrollen. Jede Minute arbeitet für die. Sie können eine Hundertschaft herankarren. Und wenn sie noch 'nen Hubschrauber einsetzen, ist die Falle auch nach oben dicht. Ausgerechnet dieses Gebiet kann man gut überblicken. Sobald sie den Wagen gefunden haben, sehen sie klar. Blutspuren und so. Sie werden vermuten, daß wir uns irgendwo im Wald verstecken. Oder allmählich in einer Scheune erfrieren. Sie werden suchen und suchen, und die Gegend bleibt abgesperrt. Das heißt, bis zum Hauptquartier können wir uns vorläufig nicht durchschlagen."

Sascha lachte auf. „Bestimmt nicht."

„Aber wir brauchen ein Dach über dem Kopf. Und du brauchst Ruhe."

„Wenn du wüßtest, wie müde ich bin."

„Eben."

„Willst du uns im Gasthof einquartieren?“

„Ich suche uns ’ne Hütte, in der wir uns verstecken können.“

„Ein leeres Haus?“

„Glaube nicht, daß hier irgendein Haus leer steht. Aber es gibt Rentner und alte Tanten, die allein leben. Die leisten keinen Widerstand. Sie werden nicht glücklich sein über uns als Einquartierung. Aber was sollen sie machen?“

„Die Bullen verständigen.“

„Das verhindere ich.“

Hartwig blieb stehen.

Sascha wäre weiter gestolpert, wurde aber festgehalten.

Sie standen vor einem Zaun.

Dahinter zeichneten sich kahle Büsche im Schneetreiben ab – und Obstbäume sowie ein Schuppen. Oder war's eine Laube?

„Dort hinten ist das Haus“, stellte Hartwig fest. „Siehst du das Licht?“

„Ich sehe Sterne“, murmelte Sascha. „Mann, habe ich die Kugel im Bein? Oder habe ich eins auf die Birne gekriegt? Wo ist Licht?“

„Dort vorn. Ein erleuchtetes Fenster. Bleib hier! Ich sehe mir das an.“

Er lehnte den Verwundeten an den Zaun.

Sascha hielt sich an den froststarren Latten fest. Sie knackten vernehmlich. Auf seiner Uniformmütze sammelte sich Schnee.

Hartwig lief am Zaun entlang.

Eine schmale Straße endete hier. Also war es das letzte Grundstück am Ortsrand.

Er fand die Gartenpforte.

Jetzt sah er das Haus aus der Nähe.

Es machte einen gemütlichen Eindruck, besaß ein Obergeschoß, war aber eher klein. Für eine mehrköpfige Familie reichte der Platz nicht. Vermutlich wohnte hier ein altes Paar. Dann konnte das die richtige Adresse sein – ausgenommen, der Hausherr war pensionierter Polizist oder General im Ruhestand.

Hartwig ließ den Geldkoffer nicht aus der Hand, während er geduckt zum Haus schlich.

Zwei erleuchtete Fenster gossen ihr warmes Licht in die Schneenacht.

Die Vorhänge waren geöffnet.

Er konnte in einen anheimelnden Wohnraum sehen. Die Einrichtung war rustikal, aber nicht bäuerlich.

Zwei ältere Frauen saßen am Teetisch. Die eine sah aus wie eine Bilderbuch-Oma: mit ihrem Silberhaar und dem gutmütigen Gesicht hinter der Lesebrille.

Die andere war mehr ein städtischer Typ, modebewußt und von schwacher Gesundheit. In ihrem Adel-Gesicht leuchteten die Augen. Die beiden unterhielten sich lebhaft.

Hartwig trat dicht ans Fenster, blieb aber im toten Winkel.

Er musterte jeden Gegenstand, den sein Blick erreichte.

Gab es irgendwo einen Hinweis, daß sich ein Mann im Hause befand?

Nichts. Da waren kein Aschenbecher, keine Schnapsflasche, keine Unordnung, keine Sportzeitung, keine Manschettenknöpfe, kein angebissener Apfel, kein Buch mit zerfleddertem Schutzumschlag, kein Möbelstück – das nur aus Gründen der Zweckmäßigkeit an seinem Platz stand, kein Kau- oder Schnupftabak.

Glück muß man haben im Unglück, dachte er. Gleich die erste Adresse ist die richtige.

Er lief zurück.

Sein Komplice lehnte nicht mehr am Zaun, sondern war zu Boden gesackt, lag auf der Seite und stöhnte.

„Ich ... kann nicht mehr."

„Du brauchst auch nicht mehr. Nur noch zehn Schritte, dann sind wir an unserem vorläufigen Ziel."

Während er ihn zur Haustür schleppte, erklärte er, wo sie sich befanden.

Es gab keine Klingel, aber einen Messingklopfer.

Dröhnend hallte das Klopfen durchs Haus.

13. Ein Hunderter geht seltsame Wege

Dr. Helga Conradi, Toms Mutter, sah hinreißend aus.

Sie trug ein schwarzes Lederkostüm, dazu ein pinkfarbenes Seidentuch im Halsausschnitt und hatte die langen Blondhaare mit Kämmchen hoch- und zurückgesteckt. Es sah beinahe griechisch aus.

Jedenfalls machte ihr der Besitzer des RHODOS, Constantinos Pappadopoulos, heiße Komplimente – bis es Gunter zuviel wurde und er ihn verscheuchte.

„Herrlich, Liebling, daß man jetzt endlich mal Ruhe hat." Gunter lächelte seine Liebste an – über die brennende Kerze hinweg, die auf ihrem Tisch stand.

Helga legte ihre Hand auf seine und schwieg.

Griechische Musik erklang, erinnerte an blaues Meer und wolkenlosen Himmel. Griechischer Wein schimmerte im Glas – und entwickelte Feuer im Magen.

„Das ist es, worauf ich mich die ganze Woche freue", sagte Gunter: „der späte Freitagabend. Mit dir. Hier."

Helga sah an ihm vorbei. Ihre Blauaugen weiteten sich.

„Oh!" flüsterte sie.

Gunter zog die Schultern etwas hoch. Er saß mit dem Rükken zum Eingang.

Eine Luftbewegung, die von mindestens zwei Personen verursacht wurde, traf sein Genick.

„Sag nichts, Helga! Laß mir noch für einen Moment die Illusion *(Wunschvorstellung)*, daß wir ungestört sind."

Es wurde ein kurzer Moment.

Ein freundlicher Hieb traf seine Schulter.

Da er das Weinglas abgesetzt hatte, passierte nichts.

„Da sind wir, Väterchen", sagte Locke. „'n Abend, Helga!" Sie umarmte ihre künftige Stiefmutter. Immerhin sind die beiden ein Herz und eine Seele.

Tom stand grinsend dabei und schüttelte ein paar Schneeflocken aus seinem Wuschelkopf.

„Es schneit“, erklärte er. „Ich wette, Gunter, in deiner Zeitung steht, daß mit Niederschlägen nicht mehr zu rechnen ist, morgen die Sonne strahlt und heute nacht der Mond scheint. Wenn man sich als Rollerfahrer auf die Wettervorhersage verläßt, ist man verratzt.“

Gunter trank rasch einen Schluck Wein. Dann: „Seid ihr hier, um mir das zu erklären.“

„Nein. Das war nur nebenbei bemerkt.“

„Wir haben auch keineswegs die Absicht, euch zu stören“, lächelte Locke. „Gegessen haben wir ja schon. In Gernhausen.“

„Ist mir bekannt“, sagte Gunter. „Ich war dabei, als du Tom deine Bratwurst aufgeschwatzt hast. Weshalb, also, verfolgt ihr uns bis hierher?“

„Wir gehen gleich wieder“, beschwichtigte Tom. „Kein Grund zur Aufregung, Eltern. Es ist nur so ...“

„Laß mich das sagen“, fuhr Locke dazwischen. „Also, Papilein: Da du ein wichtiger Zeitungsmacher in dieser Stadt bist, aber die sensationellen Neuigkeiten immer als letzter erfährst, hielten wir es für unsere Pflicht, dir die neuesten Infos einzublasen.“

„Ich will gefüllte Weinblätter und gebackenen Tintenfisch, keine Infos.“

„Trotzdem!“ meinte Tom. „Was wäre denn das sonst für eine Berufsauffassung. Also ist da erstens, daß die Autobahn-Banditen einen neuen Überfall getätigt haben.“

„Und zwar so“, übernahm Locke wieder das Wort – und berichtete.

„Ferner hat sich rausgestellt“, sagte Tom, „daß dieser Leopold Schächt ein Dieb ist. Hat 1,2 Millionen DM aus dem Tresor seiner Firma genommen: Lohntüten-Geld und Weihnachts-Zuwendungen. Das Geld haben jetzt die beiden AB: Sascha und der Hüne. Sie sind auf der Flucht, dabei durch eine Straßensperre gedonnert und unter Beschuß geraten. Mindestens einer wurde dabei verletzt.“

Locke berichtete Einzelheiten.

„Und wie schnell unser Polizeiapparat arbeiten kann“, lobte Tom, „beweisen die Infos über den Fluchtwagen. Die liegen bereits vor. Der dunkle Ford wurde vor einem Monat gestohlen. Die Nummernschilder, die er jetzt trägt, sind neu – und selbst hergestellt. Offenbar beschaffen sich die Banditen nach dieser Methode ihre Betriebsfahrzeuge.“

„Kommissar Hochtürh leitet den Großeinsatz“, nickte Locke. „Die ganze Gegend dort ist abgesperrt: rund um Heilsheim, Birkenrode und Dröstdorf. Man nimmt an, daß sich die beiden Banditen irgendwo verstecken. Was sie tun werden, hängt natürlich von der Verletzung ab. Im Fluchtwagen waren die Blutspuren erheblich. Bei Tagesanbruch soll die Suche verstärkt werden. Hochtürh will einen Hubschrauber einsetzen.“

Gunter hatte wortlos zugehört.

„Nun setzt euch doch!“ sagte Helga. „Vom Rumstehen wird's nicht gemütlicher. Wollt ihr wirklich nichts essen?“

„Nicht um diese Zeit“, grinste Tom. „Es gilt als ungesund, Frau Doktor, so spät zu essen. Es ist ja bald Mitternacht. Aber wir lassen uns gern zu einem Gläschen einladen. Traubensaft oder griechische Milch.“

Gunter stand auf, während Tom zwei weitere Stühle an den Zweier-Tisch heranholte.

„Bin gleich wieder da. Vielleicht ist Pit noch im Pressehaus.“

Während er zum Telefon entschwand, ließ sich das Pärchen nieder.

Der Kellner servierte die gefüllten Weinblätter – für Helga und Gunter. Er nahm die Traubensaft-Bestellung auf.

Gunter kam zurück.

„Da geht heute nichts mehr. Aber morgen sind wir am Ball. Laß dir's schmecken, Liebling.“

Helga kaute bereits.

„Ist das nicht süß.“ Locke zeigte das neue Kettchen. „Habe ich von Eugenie.“

„Ich bin genauso üppig bedacht worden.“ Tom führte sein

Welcher Umschlag?

neues Taschenmesser vor und klappte alle zwölf Teile auf. „Allerdings muß ich den Gürtel enger schnallen. Es ist so schwer, daß es mir sonst die Hose runterzieht."

Helga schob erst Locke, dann Tom ein gefülltes Weinblatt in den Mund.

„Das wird euch nicht schaden, obwohl bald Mitternacht ist. Schlimm! Diese Anfälligkeit der heutigen Jugend."

Die beiden mümmelten und grinsten.

„Von mir kriegen sie nichts", sagte Gunter. „Die Portionen werden sowieso immer kleiner. Das muß ich dem Pappadopoulos mal unter die Nase reiben."

„Bitte nicht!" sagte Helga. „Er verehrt mich. Ich bin sein Schwarm."

„Dann werden wir das Lokal wechseln."

„Und mit diesen unreifen Menschen", sagte Tom, „verbringen wir nun unsere Zeit, Schatzi. Als hätten wir nichts Besseres zu tun. Ist denn hier keine Disco, in die man mal einschweben sollte?"

„Da fällt mir ein", Helga lächelte: „Beim Öffnen des Umschlags bin ich auf was gestoßen."

„Welcher Umschlag?" fragte Tom.

„Den mit dem gesammelten Geld von Herrn Lilienhahn. Was du nachmittags aus Birkenrode geholt hast. Es ist wirklich seltsam, welche Wege Geld manchmal geht."

Tom und Locke tauschten einen ganz kurzen Blick.

Gunter bemerkte nichts. Er versuchte, sich den Weinblättern hinzugeben.

„Als ich das Geld in die Vereins-Kassette tat", fuhr Helga fort, „ist mir der Hunderter aufgefallen. Vor ungefähr drei Wochen hatte ich den im Portemonnaie. Dann – ihr erinnert euch – habe ich ihn Oma gegeben, als wir alle zum Kaffee bei ihr waren. Am vorletzten – nein, vorvorletzten Wochenende. Sie hatte einen 500-Mark-Schein – und wollte ihn gewechselt haben. Inzwischen muß sie den Hunderter im Dorf ausgegeben haben. Er ist bei Herrn Lilienhahn gelandet, und als der jetzt das gesammelte Münzgeld einwechselte, legte er den Schein in den Umschlag. So kam er wieder zu mir zurück."

Tom hüstelte in seinen Traubensaft.

Locke lächelte mit mindestens 26 – sichtbaren – Zähnen.

„Woran hast du denn erkannt", fragte sie, „daß es der und kein anderer Hunderter war?"

„Ich hatte auf dem Rand die Kartei-Nummer eines Hundepatienten notiert", erwiderte Helga. „Weil ich unterwegs war, telefonierte und keinen Zettel bei mir hatte. Und nicht nur die Karteinummer, sondern auch den Zusatz Leptospirose *(Leberentzündung)*. Dadurch war der Hunderter gekennzeichnet. Ich weiß auch noch, welchen Hund das betraf. Den Alf vom Einsiedler. Ihr kennt doch Georg Lehmann?"

Locke nickte. „Er macht auf Einsiedler, lebt einsam auf seinem Bauernhof. Mit Alf. Manchmal hilft er der Oma. Doch meistens einsiedelt er nur."

„Jedenfalls hat ihn Oma zu mir geschickt, weil Alf kränkelte."

„Geht's ihm wieder gut?"

„Sehr gut."

„Mir geht's schlecht", sagte Gunter. „Ich wollte entspannen. Aber wenn ich euch zuhöre, flimmert es mir vor den Augen. Ich glaube, ich habe Leptospirose."

„Nachher impfe ich dich", erwiderte Helga. „Aber es handelt sich dabei um eine kombinierte Impfung. Du bist dann auch gegen Tollwut gefeit."

„Das habe ich mir schon immer gewünscht. Du solltest die Sache aufschieben. Das wäre doch ein Weihnachtsgeschenk."

„Geschenk? Für die Impfung nehme ich 60 Mark."

Das Pärchen kicherte.

Ein Kellner räumte die Vorspeisenteller ab, ein anderer brachte gegrillte Seezunge für Helga und gebackenen Tintenfisch für Gunter. Außerdem schenkte er Wein nach.

„Wir sollten gehen", meinte Tom, „bevor hier die Grätenschlacht losgeht. Oder seid ihr uns dann böse?"

„Nein!“ sagte Gunter. „Wirklich nicht. Mach dir deshalb keine Gedanken. Wir haben vollstes Verständnis dafür, daß ihr euch langweilt und endlich in die Heia wollt. Bring meine Tochter nach Hause, Tom, und bleib vor der Tür, bis sie von innen abgeschlossen hat. Die Welt ist voller schlechter Menschen.“

„Nur wir vier sind gut“, sagte Locke. „Und Pappadopoulos.“

Sie verabschiedeten sich.

Tom stellte die Stühle an den Nebentisch zurück.

An der Tür winkte Locke noch mal.

„Sind sie nicht herzig, unsere Elternteile“, meinte sie, als Tom bereits den Schnee von ihrem Mofa-Sattel wischte.

„Sie sind einsame Spitze. Aber das dürfen wir ihnen nicht sagen, sonst befällt sie der Größenwahn. Das und Leptospirose wäre zuviel.“

Die Straßen waren jetzt wie leergefegt – die Schneeflocken feucht.

Sie konnten nebeneinander fahren.

Locke spähte unter ihrem Sturzhelm hervor. Seit es Vorschrift war, ihn zu tragen, mußte sie auf ihre geliebten Florentiner Hüte verzichten. Aber sie glich das aus, indem sie zu Hause den einen oder andern aufsetzte: während der Hausaufgaben, beim Lesen, beim Fernsehen oder bei ihren Yoga-Übungen, sofern diese eine aufrechte Haltung zuließen.

Klatsch!

Erschrocken blickte Tom zur Seite.

Und Locke wiederholte den Hieb, indem sie von oben mit flacher Hand auf ihren Helm klatschte.

„Flash! Erleuchtung! Das ist es. Wir sind ja wirklich bescheuert, Tom. Statt im Rhodos zu ömmeln, könnten wir längst pofen – und die Sache dann morgen in aller Frühe anpacken.“

„Welche Sache?“

„Hast du noch nicht daran gedacht, wie man 637 Mark ganz auf die Schnelle verdient?“

„Locke-Schatz! Ich habe bereits gesucht. Gesucht, bis ich

ganz dicke Augen hatte. Wie ein Blöder bin ich die Strecke abgefahren: hin und her, hin und her, hin und her, hin und ..."

„Nicht wie ein Blöder", unterbrach sie ihn, „sondern als Blöder. Jedenfalls ohne Überlegung."

„Was meinst du?"

„Das Kuvert ist eingeschneit. Davon müssen wir ausgehen. Damit entzieht es sich den Blicken. Aber zu riechen ist es durch die Schneeschicht. Bist du also auf allen Vieren gekrochen und hast geschnüffelt? Nein! Wäre ja auch sinnlos gewesen. Dein Riechkolben kann – bei geschlossenen Augen – allenfalls Veilchenparfum von einer Bratwurst unterscheiden. Die 637 D-Mark hättest du nie erschnüffelt. Das kann nur ... na, wer?"

„Himmel!" ärgerte sich Tom. „Warum bin ich nicht selbst darauf gekommen?"

„Ihr Männer steht manchmal schwer auf der Leitung", tröstete sie. „Mach dir nichts draus. Hast ja noch mich. Also: Wann nehmen wir unseren Tiger an die Leine und düsen nach Birkenrode."

„Morgen früh."

„Gebongt. Aber nicht vor dem Aufstehen."

„Wird mir eine Riesenerleichterung sein", nickte Tom, „der Oma das Geld zurückzugeben. Dann können wir auch die Geheimniskrämerei vergessen und unsere Elternteile einweihen. Der Zwang, der Oma das Geld zurückzugeben – was sie nicht will –, besteht ja dann nicht mehr."

„Nur der Zwang zum Trocknen."

„Wie?"

„Na, überleg doch! Die Scheine sind inzwischen so schneefeucht wie ein Hängebauchschwein von unten – nach einer Winterwanderung. Die Scheine müssen getrocknet werden. Wäre der mit der Kartei-Nummer und dem Leptospirose-Vermerk dabei, hihihi, hätte sich die Schrift verwässert."

„Als Helga eben erzählte", meinte er, „habe ich mich richtig geschämt. Einerseits habe ich der Oma versprochen, nichts zu sagen. Andererseits ist es niederträchtig, Eltern wie unsere so im dunkeln zu lassen."

„Ein echter Zwiespalt", nickte Locke.

Dann bogen sie ein in die Straße, an der das Rehmsche Haus steht.

14. Verbrecher im Haus

Das Dröhnen kam zu plötzlich.

Oma schrak zusammen.

Eugenie verschüttete vor Schreck etwas Lindenblütentee, den sie gerade trank: aus einer Tasse mit Blümchen-Dekor.

„Da ist jemand an der Tür", stellte Omas Jugendfreundin fest. „Hast du keine Klingel, Elisabeth?"

„Nur den Türklopfer. Aber man kann ihn auch zart benutzen. Georg Lehmann, der Einsiedler, ist manchmal so polterig. Immer dann, wenn es eilt. Und es eilt immer, wenn er Hilfe braucht. Für sich oder für Alf."

Sie stand auf, strich ihre braune Bluse glatt und ging durch die winzige Diele zur Eingangstür.

„Wer ist dort?" fragte sie vorsichtshalber.

„Polizei", antwortete eine rauhe Stimme. „Mein Kollege ist verletzt. Er braucht Hilfe. Haben Sie Telefon?"

Was wäre ich ohne Telefon? dachte Oma.

Dann wurde ihr die Bedeutung des Gehörten bewußt. Ein Polizist war verletzt.

Sie hakte die Sicherheitskette ein und öffnete die Tür einen Spalt.

Draußen wirbelten Schneeflocken.

Sie gewahrte zwei Gestalten. Die eine hing mehr als daß sie stand.

Einzelheiten konnte Oma erst erkennen, als sie die Laterne einschaltete, die außen über dem Eingang angebracht war.

Polizisten! Es stimmte.

Sie öffnete, und der Hüne schleppte seinen Kollegen herein.

Der Verletzte ließ Kopf, Arme und Schultern hängen. Die Mütze saß ihm schief auf dem Kopf. Weißblondes Haar quoll hervor.

„Was ... was fehlt ihm denn?" fragte Oma.

„Schußverletzung am Schenkel. Sehen Sie das nicht?" war die barsche Antwort.

Der Hüne kickte mit dem Absatz die Tür und ließ den Koffer fallen, den er mit einer Hand trug. Der Türrahmen erzitterte.

Mitsamt dem Verletzten drehte der Hüne sich um.

Der Schlüssel steckte innen.

Ohne ein Wort der Erklärung schloß der Hüne ab, nahm den Schlüssel und schob ihn in die Hosentasche.

„Werden ... Sie verfolgt?“ stammelte Oma.

Der Hüne überhörte das. Er hatte ein grobes Gesicht und schien ebenso wütend wie erschöpft zu sein.

„Wer ist sonst noch im Haus?“

„Ich ... Aber das sehen Sie ja. Und meine Freundin Eugenie von Hauch.“

„Sonst niemand?“

„Niemand. Aber ich kann Hilfe holen. Das heißt, wir brauchen nur anzurufen.“

An der Tür zum Wohnzimmer verharrten die beiden.

Eugenie war auf ihrem Platz geblieben, hatte aber alles gehört.

„Schließen Sie die Vorhänge!“ befahl der Hüne. „Ganz dicht! Kein Spalt darf bleiben. So daß man von draußen nicht hereinglotzen kann.“

Das leuchtete ein.

Aber es zeigte auch, wie gefährlich die Situation war.

Schlichen Verbrecher ums Haus?

Oma spürte, wie ihr Herz schneller klopfte.

Sie befahl sich, ganz ruhig zu bleiben und nicht zittrig zu werden.

Eugenie zitterte bereits. Damit ihre Armbänder nicht klirrten, preßte sie die Hände fest aneinander.

Auch ihr Herz klopfte, aber unregelmäßig und in verzweifelten Sprüngen.

Gleich, dachte sie, muß ich meine Herztropfen einnehmen. Bestimmt habe ich schon ganz blaue Lippen.

Während Eugenie an ihrem Sitz klebte, handelte Oma. Sie schloß die Vorhänge.

„Wir können auch die Fensterläden zuklappen", bot sie an. „Aber das ist etwas umständlich."

„Nicht nötig", knurrte der Hüne von der Tür her.

Er holte tief Luft und schleppte den Verwundeten herein.

„O Mann!" ächzte Sascha. „Ich habe kein Blut mehr in mir. Jetzt weiß ich, Hartwig, wie man sich als Leiche fühlt. Schaurig! Wer sind diese Greisinnen?"

„Die eine heißt Hauch, die andere ..."

Fragend sah er Oma an.

Ein strafender Blick traf ihn.

„Mein Name ist Elisabeth Rehm, Herr Polizeimeister. Meine Freundin heißt *von* Hauch. Und Greisinnen ist keine sehr freundliche Bezeichnung. Aber Ihr Kollege braucht Hilfe. Wenn Sie ihn bitte hier auf die Couch legen."

Sie wandte sich an Eugenie. „Sei doch so gut – und hol den Verbandskasten aus dem Bad. Wir versorgen die Wunde. Dann rufe ich Dr. Pleitner an."

Sascha wurde auf die Couch gelegt. Er seufzte.

Eugenie kam mit dem Verbandskasten zurück. Sie war so aufgeregt, daß sie ihn kaum halten konnte.

Hartwig warf seine Mütze auf einen Sessel und sah dann zu, wie Oma mit der Schere Saschas Hosenbein aufschnitt.

Die Wunde sah übel aus. Blut verkrustete. Der Gürtel, den Hartwig zum Abbinden genommen hatte, schnitt tief ins Fleisch.

„Vor Jahren habe ich mich beim Roten Kreuz nützlich gemacht", sagte Oma. „Ich verstehe was von Erster Hilfe. Aber Sie dürfen ruhig mit anfassen, Herr Polizeimeister."

„Wo?" fragte Hartwig. „Und wie?"

Sie zeigte es ihm.

Eugenie mußte heißes Wasser holen.

Die Wunde wurde gesäubert, desinfiziert (*keimfrei machen*), so gut es ging, und verbunden.

Sascha wimmerte dazu. Einmal grölte er los. Aber er war zu geschwächt, um sich ernsthaft zu wehren.

„Das ist nur notdürftig“, sagte Oma. „Wollen Sie nicht endlich den Notarzt verständigen? Oder ein Krankenhaus. Oder wenigstens Dr. Pleitner. Die Nummer ist 8346.“

„Wo steht der Apparat?“

„In der Diele.“

Hartwig ging hinaus.

Erst jetzt entdeckte er das Telefon auf einem Tischchen.

Sascha liegt flach, überlegte er. Ich bin todmüde und habe die Augen nicht überall. Aber wenn eine der alten Hennen telefoniert, dann sitzen wir hier in der Falle.

Er faßte das Kabel und riß es aus der Wand.

So! Tote Hose! Daß der Apparat gestört war, würde vorläufig nicht auffallen.

Er ging zurück.

„Haben Sie niemanden erreicht?“ fragte Oma.

Böse sah er die beiden Frauen an.

„Jetzt hört mal zu, Omas! Wir sind keine Bullen. Keine Polizisten. Wir sind ... Jedenfalls wollen wir mit den Bullen nichts zu tun haben. Die haben auf uns geschossen. Kapiert? Draußen – im ganzen Landkreis – wimmelt es von denen. Sie suchen nach uns. Aber finden werden sie uns nicht. Denn hier bei euch sind wir sicher. Wir bleiben eine Weile. Ihr übersteht das am besten, indem ihr haargenau macht, was ich sage. Im andern Falle müßte ich sehr grob werden. Niemand verläßt das Haus. Niemand darf rein. Sollten wir entdeckt werden, seid ihr meine Geiseln. Und Geiseln werden erschossen, wenn es hart auf hart geht. Also liegt es in eurem Interesse, daß uns hier niemand ausmacht. Verhaltet euch danach!“

Fassungslos starrte Oma ihn an.

Sicherlich – sein Verhalten war merkwürdig. Das hatte sie nicht übersehen. Aber hörte man nicht immer, daß sich heutzutage selbst Staatsbeamte recht ungezogen benehmen und ausdrücken.

Sie hatte ihn als unhöflichen Polizeibeamten eingestuft, den die Situation überfordert. Ihn und den Blonden.

Daß es sich um Verbrecher handelt – um Verbrecher in Polizeiuniform, war ihr nicht in den Sinn gekommen.

Eugenie saß wieder auf ihrem Platz.

Mit blutleerem Gesicht blickte sie von einem zum andern.

„Elisabeth“, flüsterte sie, „das ... das sind Verbrecher.“

Als sich Hartwig zu ihr wandte, senkte sie den Kopf.

„Tut mir leid, Eugenie“, sagte Oma, „daß das ausgerechnet jetzt passiert. Aber wir regen uns nicht auf, nicht wahr? Das hilft sowieso nichts und schadet nur der Gesundheit.“

Zu Hartwig sagte sie: „Meine Freundin ist erst vorhin angekommen. Ihre Gesundheit ist angegriffen. Bitte, nehmen Sie darauf Rücksicht.“

Er hob die Achseln. „Ich fresse niemanden. Und solange ihr spurt, habt ihr nichts zu befürchten. Ich gehöre auch nicht zu denen, die alte Knacker dreschen, Omas hauen und Tanten klatschen. Aber die Hauch soll sich nicht einbilden, daß sie uns hier einen Herzanfall vorspielen kann und dann ins Krankenhaus darf. Das ist nicht. Erst kommt unsere Sicherheit“.

„Wir werden uns ruhig verhalten“, sagte Oma. „Was haben Sie denn angestellt?“

„Schon mal von den Autobahn-Banditen gehört, Oma?“

Sie musterte ihn, als sehe sie ihn jetzt erst richtig.

„Ja. Ihr seid berüchtigt. Aber das ist nichts, worauf man stolz sein kann. Warum verdient ihr euer Geld nicht auf ehrliche Weise?“

„Ach, halt's Maul, altes Suppenhuhn“, knurrte er gereizt. „Ab sofort redet ihr beide nur noch, wenn ihr gefragt seid. Wo ist die Hintertür?“

„Die Küche hat einen hinteren Ausgang“, antwortete Oma.

Hartwig sah dort nach.

Die Tür war verschlossen. Auch hier steckte der Schlüssel. Er nahm ihn an sich.

Weitere Ein-Aus-Gänge besaß das Häuschen nicht.

Daß die gebrechlichen Großmütter durchs Fenster kletterten, war nicht zu befürchten.

Außerdem wollte er genau auf sie aufpassen. Und wenn ihn Müdigkeit in die Knie zwang, konnte er die beiden im Obergeschoß einsperren.

Dort war auch Sascha am besten aufgehoben.

Oma und Eugenie mußten den Hünen begleiten, als er sich oben umsah.

Es gab zwei Schlafzimmer und ein Bad mit Toilette. Auf dem Treppenabsatz stand ein Bauernschrank. Die Zimmer hatten kleine Fenster.

Eugenie mußte einen Teil ihrer Sachen aus dem Gästezimmer in Omas Schlafzimmer hinüberschaffen, wo noch immer das Doppelbett stand. Denn erst seit zwei Jahren war Oma Witwe.

Hartwig trug seinen Komplicen hinauf.

Im Gästezimmer wurde Sascha ins Bett gepackt.

Er war total kaputt, verlangte Wasser, trank unmäßig und schlief sofort danach ein.

„Er bekommt Fieber", sagte Oma. „Das ist kein gutes Zeichen. Er gehört ins Krankenhaus. Und zwar sofort. Sonst kann das schlimm für ihn ..."

„Jaul mir nicht die Ohren voll, Rehm!" brüllte Hartwig sie an. „Kein Wort mehr! Ich weiß selbst, was ich zu tun habe. Du wirst dich um ihn kümmern. Und gib dir Mühe!"

Oma war den Tränen nahe. Aber sie hielt sich tapfer.

„Ich werde tun, was ich kann", sagte sie mit erstickter Stimme. „Doch das ändert nichts daran: Der Verletzte muß ins Krankenhaus."

„Hier bleibt er!" brüllte Hartwig. „Und wenn du ihn nicht durchkriegst, dann hat er eben Pech gehabt."

Hartwig war erschöpft, am Ende seiner Kraft und wütend. Er machte nicht mehr viel Federlesens, sondern scheuchte die beiden Frauen in Omas Schlafzimmer, wo er sie einschloß.

„Verhaltet euch ruhig!" befahl er. „Die Fenster bleiben geschlossen. Wenn ihr ins Bad müßt, klopft an die Tür."

Er stieg die Treppe hinunter.

In der Küche suchte er nach einem alkoholischen Getränk, fand aber nichts.

Er entdeckte die Kellertür. Im Keller sah er sich um. Dort fand er einen Bierkasten mit 20 vollen Flaschen.

Zwei nahm er mit hinauf.

Im Wohnzimmer legte er den Geldkoffer auf den Tisch.

Erregung durchpulste ihn, als er den Deckel hochklappte.

Noch nie hatte er soviel Geld auf einem Haufen gesehen.

Wie lange würde er brauchen, um das zu zählen?

Er öffnete eine Flasche und trank.

Dann fiel ihm ein, daß er unbedingt den Chef verständigen mußte: Karl-Otto Lorenz, den Besitzer des Secondhand-Ladens, Germanen-Gasse 11.

Sollte der sich einfallen lassen, wie er sie beide hier rausholte! Und ...

Verdammt!

Krachend fiel seine Faust auf die Tischplatte.

Das Telefon! Es war die einzige Möglichkeit, mit dem Chef und den andern Kontakt aufzunehmen.

Aber er hatte – im Übereifer und ohne genaue Überlegung – das Kabel aus der Wand gerissen.

15. Razzia

Zu dieser Stunde war Lorenz bereits unterwegs.

Um Mitternacht – wie verabredet – wollte er seine Leute im sogenannten Hauptquartier treffen, einem fernab gelegenen, ehemaligen Bauernhof.

Der Weg dorthin führte über mehrere Dörfer.

Lorenz dachte nach, während er seinen Mercedes über die einsame Landstraße lenkte.

Das Schneetreiben ließ nur mäßiges Tempo zu. Der Boden war glitschig, die Sicht reichte nicht weit.

Dieser Raukel! Unfaßlich, mit welcher Beharrlichkeit der den Unfallfahrer gesucht hatte. Podbilska, der falsche Hund! Aber der würde den morgigen Abend nicht erleben.

Wieder und wieder überdachte Lorenz seine Situation. Was konnte man ihm anhaben?

Nach seiner Einschätzung lag das zwischen ‚nicht viel' und ‚nichts'. Sicherlich – der Verdacht, daß er diese Eva Müller auf dem Gewissen hatte, würde an ihm haften. Aber das juckte ihn nicht.

Er fuhr langsamer.

Irres Schneetreiben! Und so früh schon im Jahr!

In diesem Moment sah er das zuckende Blaulicht.

Ein Streifenwagen parkte seitlich der Straße, ein anderer gegenüber.

Ein Uniformierter schwenkte seine Leuchtkelle. Halt!

Lorenz bemerkte zwei weitere Beamten. Beide hatten automatische Waffen umgehängt.

Er hielt.

Der Leuchtkellen-Polizist trat ans Fahrerfenster.

„Guten Abend! Ihre Papiere, bitte!"

„Aber gern. Trotzdem bin ich verwundert. Was ist denn los? Das sieht ja aus wie eine Razzia (*überraschende Fahndung*)."

Er reichte die Klarsichthülle, in der Kfz- und Führerschein steckten, hinaus.

Der Beamte prüfte beides im Schein einer Taschenlampe. Mit der Antwort ließ er sich Zeit.

„Das ist auch eine Razzia“, meinte er dann. „Das ganze Gebiet ist abgeriegelt, Herr Lorenz. Haben Sie nichts im Radio gehört? Das Dritte Programm hat die erste Meldung vor einer Viertelstunde gebracht.“

„Das Radio schalte ich nur selten ein. Ist ein Zuchthäusler ausgebrochen?“

„Das nicht. Aber zwei Ganoven – vermutlich gehören sie zu den Autobahn-Banditen – haben ein Taxi überfallen, auf den Fahrer geschossen und einen Fahrgast beraubt. Dabei sind ihnen 1,2 Millionen Mark in die Hände gefallen.“

Lorenz starrte den Beamten an, den er nur umrißartig sah. „Was? Wieviel? 1,2 Millionen?“

„Fette Beute. Das stimmt. Der hatte das auch nicht einfach so in der Brieftasche, sondern kurz vorher dem Tresor seiner Firma entnommen. Lohngelder. Der Mann wollte ins Ausland. Sein Pech, daß er den Banditen in die Hände fiel.“

„Mitleid verdient er nicht.“

„Da haben Sie recht.“ Der Polizist schien zu lächeln. „Aber auch die beiden Banditen verdienen den Reingewinn nicht. Deshalb sind wir hier.“

„Erwarten Sie, daß diese Verbrecher hier durchkommen? Dann kehre ich gleich wieder um.“

„Wir wissen nicht genau, wo sie sind. Vermutlich halten sie sich in der Gegend zwischen Dröstdorf, Birkenrode und Heilsheim auf. Sie sind nämlich in eine Straßensperre geraten. Dabei wurde ihr Wagen demoliert. Zu Fuß sind sie geflohen. Aber mindestens einer von ihnen ist verletzt. Durch eine Pistolenkugel. Man fand starke Blutspuren.“

„Und zu Fuß sind die weiter?“

„Sind sie. Leider verweht der Schnee die Spuren. Dunkelheit und Wetter kommen ihnen zu Hilfe. Aber morgen sieht es schlecht für sie aus. Ob sie sich im Wald oder in einer Scheune verstecken – wir werden sie finden.“

„Dazu wünsche ich Ihnen viel Glück“, sagte Lorenz mit rauher Kehle.

Der Beamte nickte. „Daß ich's nicht vergesse: Die beiden sind als Polizisten verkleidet. Der eine fällt auf durch seine Größe. Welcher der beiden verletzt ist, wissen wir nicht. Vermutlich haben sie einen Koffer bei sich. In dem ist das Geld. Das nur für den Fall, daß Ihnen die beiden begegnen.“

„Dann gebe ich Gas“, murmelte Lorenz, „und sause ans nächste Telefon.“

„Recht so. Aber jetzt muß ich Sie bitten, den Kofferraum zu öffnen.“

„Wie?“ Lorenz fühlte sich wie im Traum. 1,2 Millionen! Das konnte nicht wahr sein.

„Den Kofferraum!“

„Ach so.“

Er stieg aus, ging nach hinten und schloß auf.

Befand sich irgendwas drin, was dieser Bulle nicht sehen durfte?

Nein. Nur der Reservekanister, sein winterfester Steppmantel, ein verwegener Hut und gefütterte Stiefel zum Querfeldein-Latschen.

„Danke, Herr Lorenz“, sagte der Polizist. „Gute Fahrt.“

„Mir ist gar nicht wohl zumute“, meinte der Banditen-Chef. „Ich werde mich einriegeln. Anhalter nehme ich sowieso nicht mit. Nie! Aber, zum Teufel, es bleibt trotzdem gefährlich, hier durch die Gegend zu fahren. Warum schützt der Staat seine Bürger nicht vor solchen Verbrechern?“

„Sie sehen doch, daß wir hier sind. Hier und an jeder Ecke. Es wird alles getan.“

„Hoffentlich. Ich meine auch nicht Sie. Sie und Ihre Kollegen tun Ihre Pflicht. Aber daß diese Autobahn-Banditen noch immer auf freiem Fuß sind, ist eine Schande.“

Der Polizist nickte flüchtig, zuckte die Achseln und ging zu seinen Kollegen hinüber.

Lorenz fuhr weiter.

1,2 Millionen! Phantastisch! So eine Beute! Das hatten Hartwig und Sascha verdammt gut gemacht. Oder besser gesagt: Der Zufall hatte ihnen diesen Hauptgewinn in die Hände gespielt. Und wem verdankten sie das? Ihm, Lorenz! Schließlich hatte er befohlen, daß sie sich heute abend auf die Socken machten.

Den richtigen Riecher, dachte er, den muß man haben.

Aber wo steckten sie jetzt? Wer war verwundet? Wie schwer war die Verwundung? Hatten sie's geschafft, sich zum Hauptquartier durchzuschlagen?

Unmöglich! Ohne Wagen war das von hier aus nicht zu schaffen.

Ihm wurde klar, daß noch kein Grund zu überschäumender Freude bestand. Alles konnte schiefgehen. Vermutlich hing es davon ab, wie schwer die Verletzung war.

Erstmal zum Hauptquartier, dachte er. Dann sehen wir weiter.

Die Scheibenwischer wuppten. In den Ecken der Windschutzscheibe bildeten sich Schneepakete.

Lorenz sah Häuser und erleuchtete Fenster.

Das war Birkenrode.

Er fuhr durch den Ort, folgte der Landstraße und begegnete nur selten einem Fahrzeug.

Er erreichte Hüpphausen, später Brunzlbach und fuhr dann an dem Weiler Engelsprung vorbei.

Die Straße gabelte sich.

Dort standen die beiden nächsten Streifenwagen.

Wieder wurde er kontrolliert, diesmal von einem wortkargen Beamten, der offensichtlich fror. Jedenfalls rieb er sich dauernd die Hände und stampfte mit hohen Stiefeln im Schneematsch herum.

Als Lorenz weiterfuhr, hatte er das abgesperrte Gebiet hinter sich.

Keine Bullen mehr, keine Belästigung, keine dummen Fragen.

Noch etwa zwei Kilometer auf einer völlig unbelebten Seitenstraße – dem sogenannten Kiensel-Hof-Zubringer, einer Sackstraße – dann hoben sich dunkel die Gebäude aus dem Schneetreiben ab: ein ehemaliges Bauernhaus, die Scheune, der Stall.

Nur im Haus brannte Licht, jedenfalls hinter zwei Fenstern. Die Straße endete hier.

Vor dem Hauseingang parkten ein VW und ein japanischer Jeep. Lorenz stellte seinen Mercedes dazu.

Der VW gehörte Mick Bräh, der es nur zu gern übernommen

hatte, Heinz Podbilska morgen ins Jenseits zu befördern. Den Jeep hatte sich Olaf Haschke erst kürzlich gekauft. Seit einem Jahr war er der Besitzer des Kiensel-Hofs. Für einen geringen Preis hatte er das entlegene Gehöft übernommen, um hier – angeblich – eine Töpferei zu betreiben.

Das tat er auch wirklich. Aber nur zur Tarnung. In Wahrheit lagerte hier die Bande ihre Beute, und geraubte Fahrzeuge wurden in einer versteckten Werkstatt umfrisiert. Sie befand sich im hinteren Teil des Stalls. Außerdem diente der Hof als Treffpunkt der Bande. Zu ihr gehörten: Lorenz, Bräh, Podbilska, Sascha Fühmert, Hartwig Nitten und natürlich Olaf Haschke, der Hausherr.

Lorenz hielt das nicht mehr für erforderlich – aus Gründen, die nur er und Bräh kannten.

„Hallo, Chef!“

Olaf hatte die Tür geöffnet. Er war ein plattnasiger Typ von mittlerer Größe. In seinen fischigen Augen lag kein Funken Wärme.

„Hallo!“

Lorenz trat in den Wohnraum, wo Mick Bräh in einem Sessel hing und die Beine weit von sich streckte.

Er bevorzugte entspannende Haltung. Am liebsten lag er.

Sein Gesicht wirkte bläulich. Das lag an den Bartschatten. Er hatte tiefliegende Augen und borstendicke, schwarze Brauen.

„Uns hat's von den Füßen gehauen, Chef“, sagte er ohne Einleitung. „Wir überlegen die ganze Zeit, was wir tun können. Es ist zum Verrücktwerden. Die sind da draußen – irgendwo, mit der Millionenbeute. Und wir hocken hier rum.“

„Mich haben sie zweimal kontrolliert“, sagte Lorenz.

Bräh nickte. „Mich auch. Bin vor zehn Minuten angekommen.“

Lorenz wandte sich an Olaf. „Hat keiner der beiden angerufen?“

„Nein. Nichts. Und ich war die ganze Zeit hier. Auch bevor die Nachricht durchs Radio kam.“

Lorenz setzte sich und zog ein Lederetui aus der Brusttasche. Es enthielt seine Zigarren.

„Sascha ist ein heller Kopf", sagte er, während er eine Zigarre anpaffte, „und Hartwig stark wie ein Bulle. Zusammen schaffen sie's."

„Aber wie denn?" Olaf machte eine ärgerliche Geste. „Ohne Wagen. In Uniform. Mit dem Geldkoffer. Und einer von beiden ist vielleicht schon verreckt."

„Unsinn! Wenn die Verwundung so schwer wäre, hätte es nicht mehr zur Flucht gereicht."

„Vielleicht sind sie ein paar hundert Meter weit gekommen, und jetzt ist der Ofen aus." Olaf stöhnte. Aber das Mitgefühl galt weniger seinen Komplicen. „Ich darf nicht daran denken: 1,2 Millionen DM. So nah und doch so fern. Geteilt durch sechs – das machte für jeden 200000!"

Geteilt durch fünf, dachte Lorenz. Den lieben Heinz gibt's bald nicht mehr.

„Wir müssen abwarten", sagte er. „Im Moment ist nichts anderes drin."

„Wir könnten rund um Birkenrode und Otternbach die Straßen abfahren", meinte Bräh.

„Damit wir den Bullen auffallen?" Lorenz schüttelte den Kopf.

„Was dann?" fragte Olaf.

„Abwarten! Ich sagte es doch. Einer der beiden ist gesund. Wie man telefoniert, wird er wohl noch wissen. Also kann hier jeden Moment das Telefon bimmeln. Dann erfahren wir, wo sie stecken. Wir rollen hin und holen sie ab. Alles andere wäre sinnlos."

„Und wenn nicht nur einer getroffen wurde, sondern beide was abgekriegt haben", unkte Olaf. „Vielleicht liegen sie irgendwo bewußtlos im Schnee. Mit dem Geld."

„Dann haben wir Pech gehabt", knurrte Lorenz. „Dann werden sie nämlich per Zufall gefunden. Das muß nicht unbedingt ein Bulle sein. Vielleicht widerfährt dieses Glück einem

Bauern, einem Wanderer, einem Jäger – garantiert jemandem, der 1,2 Millionen recht gut gebrauchen kann. Wir und die Bullen werden davon nie was hören. Unser einziger Trost ist: Sollten Sascha und Hartwig nicht überleben, endet dort die Spur. Zwischen ihnen und uns gibt es keine nachweisbare Verbindung."

„Ich kann nur an das Geld denken", murmelte Olaf.

16. Nicki auf dem Sozius

Tom hatte den Wecker auf 8.30 Uhr gestellt, war aber noch hundemüde, als ihn das mißtönende Schrillen weckte.

Gähnend hockte er auf dem Bettrand.

Hinter den geblümten Gardinen flimmerte milchiges Morgenlicht.

Im Haus war es kirchenstill. Samstags praktizierte Helga nicht, und Mit-Ha, die Haushälterin, kam am Wochenende nur auf Bestellung.

Toms Tür war angelehnt – wie immer. Denn draußen schlief Nicki auf einer großen Hunde-Matratze. Und manchmal überkam ihn nachts der Wunsch, nach seinem Herrchen zu sehen.

Dann konnte es passieren, daß Tom wach wurde, weil ihm ein warmer, weicher Waschlappen übers Gesicht fuhr.

Nickis Zunge, versteht sich.

Mit solchen Gesten seiner Zuneigung ging er bei den Conradis und Rehms verschwenderisch um. Fremden zeigte er seine gewaltigen Fangzähne, was in den meisten Fällen Panik auslöste.

Offenbar hatte Nicki gehört, daß sein Herrchen erwog, den Tag zu beginnen.

Die Tür wurde aufgestoßen. Der mächtige Hund trottete herein, wedelte freundlich, war aber selber noch müde.

Er legte den Kopf auf Toms muskulösen Schenkel, nahm ihn wieder weg, um wie ein Löwe zu gähnen, streckte dann die Wirbelsäule nach unten durch, machte einen Katzenbuckel und hatte damit seine Morgengymnastik beendet.

Wumm! Wieder sank der Hundeschädel auf Toms Schenkel.

„Morgen, Nicki! Keine Sorge! Ich weiß. Fünf Minuten kraulen – und dann deine Vitamin-Drops."

Während er kraulte, streifte sein Blick die schweren Eisen-Hanteln in der sportlichen Ecke seines Zimmers.

Aber er entschied: Heute nicht! Sonst wurde die Zeit zu knapp.

Als er schließlich ins Bad taperte, zog sich Nicki wieder auf seine Matratze zurück.

Während die Kaffeemaschine brodelnde Zisch- und Schmatzlaute von sich gab, rief Tom bei Locke an.

Er hatte Glück, weckte nämlich weder Gunter noch Mike, sondern sie.

„Ja?“ gähnte sie in den Hörer. „Was, zum Teufel, ist los?“

„Morgen, Schatzi. Ich habe versprochen dich zu wecken. Zieh dir ein wärmendes Leibchen an. Wir wollen nach Birkenrode.“

„Ich frage mich, Engelbert, weshalb ich dich begleiten soll, statt endlich mal auszuschlafen. Du hast das Geld verschlampt. Daß dich Nicki begleitet, ist viel genug.“

„Bist du meine Freundin – oder nicht? Soll ich allein durch die bittere Kälte rollern? Außerdem hat mir Nicki gesagt, daß er seine Spürnase nur einsetzen wird, wenn du dabei bist.“

„Ich weiß, daß er mich mehr liebt als dich. Wie mich überhaupt alle mehr lieben als dich. Wann wirst du hier antanzen?“

„Ich sitze sozusagen schon auf dem Roller. Baden kannst du nicht mehr. Und vergiß dein Yoga. Frühstücken können wir nachher bei Oma. Sie hat wieder Brot gebacken. Dazu gibt es selbstgemachtes Pflaumenmus. Hoffentlich ißt Eugenie nicht alles weg. Aber der Typ ist sie wohl nicht, sondern mehr auf Diät angewiesen. Also, Schatzi, gleich bin ich da.“

Er schrieb eine kurze Mitteilung für Helga, legte den Zettel auf den Küchentisch und gönnte sich eine große Tasse Kaffee mit Sahne.

Als er zur Leine griff, stand Nicki wie der Blitz auf allen vier Pfoten.

„Erraten, mein Tiger! Du kommst mit.“

Nicki sprang aus dem Stand in Schulterhöhe. Als er wieder landete, bebte der Boden.

„Pst, Nicki. Das Frauchen braucht Ruhe.“

Sie verließen das Haus.

In der Stadt regte sich an diesem Samstagmorgen nicht viel.

Es schneite zwar nicht mehr, aber der Himmel war grau. Und er hing so tief, daß es an den Kirchturmspitzen zu Berührungen kam. Das Thermometer zeigte null Grad, und die City roch nach Abgasen.

Tom fuhr langsam. Hinten auf seinem Roller, der immerhin eine Zulassung von 186 Kilo erlaubte, war ein großer, stabiler Korb angebracht. In den konnte Nicki springen, wenn er müde wurde; und er machte auch gern davon Gebrauch. Aber jetzt trabte er an der Leine zu Toms rechter Seite.

Trotz wuchtiger Statur war Nicki ein ausgezeichneter Läufer. Das verdankte er seinem Vater, einem Wolfshund. Die Mutter, eine Tiger-Boxerin, hatte ihm das gestromte Fell vererbt.

Locke hatte die beiden durchs Fenster gesehen und trat gleich aus dem Haus.

Sofort jaulte Nicki vor Freude in den höchsten Tönen, und Locke wurde auf – buchstäblich – umwerfende Weise begrüßt.

Auch sie mußte den Vierbeiner kraulen, lange und hingebungsvoll. Erst danach konnte sich Tom ein Bussi abholen.

„Du siehst aus“, sagte er, „als wäre jetzt Sonntag früh.“

„Was soll das nun wieder heißen?“

„Daß du frisch und resch und ausgeruht wirkst, als hättest du von Freitag nacht bis Sonntag früh geschlafen – und nicht nur lächerliche paar Stunden.“

„Tja, das liegt eben an meinem Yoga. Ist gesünder als dein Karate. Dir grinst nämlich das Sandmännchen noch über die Schulter.“

„Ich bin kein bißchen müde.“

„Dann ist es wohl der kleine Mann aus deinem Ohr, der gerade einen Fluchtversuch macht.“

„Hahah! Was ist nun? Holst du dein Knatterstühlchen, oder soll ich dich auch an die Leine nehmen?“

„Grrrrhhh ...“, fletschte sie ihn mit ihrem Prachtgebiß an.

Nicki fand das toll und wedelte heftig.

Locke holte ihr Mofa aus der Garage.

Sie hatte sich in Stepprock und Steppjacke gehüllt, trug

Handschuhe und hohe Stiefel. Auf der dunklen Mähne saß ein Strickmützchen – klein genug, um unter den Sturzhelm zu passen.

„Stadtauswärts", sagte Locke, „haben die Idioten vom Winterdienst Salz auf die Straßen gestreut. Das macht die Hundepfoten kaputt, und gegen Glätte hilft es auch nicht besser als Splitt. Gut, Engelbert, daß du den Korb mithast."

„Dann nehme ich ihn gleich auf den Sozius (*Beifahrersitz*)."

Aber Nicki wollte noch nicht.

Wozu, schien er zu denken, wo ich doch nicht müde bin.

Immerhin – bei der dritten Aufforderung sprang er in den Korb.

Sitzend war er gleich groß mit Tom. Vertraulich legte er ihm das Maul auf die Schulter.

Sie fuhren los, mit mäßigem Tempo.

Tom mußte höllisch aufpassen, um das Gleichgewicht zu bewahren, obwohl Nicki völlig ruhig saß.

Sie nahmen einen kleinen Umweg in Kauf, fuhren über eine wenig benutzte Landstraße, stießen vor Birkenrode auf eine Polizeikontrolle, wurden aber nicht angehalten.

„Die trauen sich nicht", lachte Locke, als sie den Weg fortsetzten. „Sicherlich wegen Nicki."

„Das natürlich auch. Er hat schon geknurrt. Außerdem sieht man aber auf den ersten Blick, daß wir keinen Autobahn-Banditen transportieren. Weißt du, wie die Sache steht?"

„Beim Haarebürsten habe ich Nachrichten gehört. Bis jetzt wurde keiner gefaßt. Seit dem Morgengrauen sei hier ein Hubschrauber rumgeschwebt. Ohne Erfolg. Sie haben auch einen Suchhund eingesetzt, aber der hat die Spur verloren. Sie endet, hieß es, auf einem Jauchefeld vor Birkenrode. Ein Bauer hatte dieser Tage das Feld gedüngt. Mit Jauche. Schnee fiel drauf. Offenbar hat diese Duftnote den Polizeihund verwirrt. Vielleicht ist er auf Rauschgift spezialisiert. Unser Tiger, wette ich, hätte die Spur nicht verloren. Bin gespannt, ob er dein Geldkuvert findet."

Als sie in die Dorfstraße einbogen, wurden sie von einem Polizeiwagen überholt.

Das war schon der vierte, den sie sahen.

„Steht dein Hunde-Sozius eigentlich im Einklang mit der Straßenverkehrsordnung?“ fragte Locke.

„Keine Ahnung. Vermutlich nicht. Aber da lasse ich's auf eine Diskussion ankommen.“

Er hielt.

Sofort sprang Nicki aus dem Korb, unaufgefordert. Wieder reckte und streckte er sich, daß die gewaltigen Muskeln unter dem Fell spielten.

„Dort vorn“, sagte Tom, „habe ich bemerkt, daß Lilienhahns Geldumschlag weg ist. Von dort bis zu ihm sind's ungefähr ... na ja, an die 800 Meter. Ich bin schön auf der rechten Seite gefahren, ohne Schlenker und Abwege.“

Die Dorfstraße war breit. Es handelte sich um den neueren Teil von Birkenrode.

Die Häuser zu beiden Seiten waren erst während der letzten 20 Jahre entstanden. In nördlicher Richtung schloß sich der alte Teil an: mit Bauernhäusern, die 300 Jahre zählten – und mehr.

„Wir müssen bis zur Kreuzung“, sagte Tom. „Dann links um die Ecke. Lilienhahn wohnt in Richtung Schwimmbad. Meinen Roller lasse ich hier. Sonst müßte ich den ganzen Hinweg auf der linken Seite fahren. Du kannst ja in Sichtweite miteiern.“

„Miteiern! Red nicht so verächtlich von meinem Mofa!“

„Wer meint dein Mofa, Liebste? Ich spreche von deinen Füßen.“

Sie hatte den Helm abgenommen und wischte die Mähne nach hinten.

„Wart nur ab, Engelbert! Du kriegst es noch. Und sollte ich das Geld finden, beanspruche ich Finderlohn. Den zahlst du dann aus eigener Tasche.“

Tom grinste. Er stellte seinen Roller auf den Mini-Parkplatz einer Drogerie – unter das Schild NUR FÜR KUNDEN.

Nicki hing längst an der Leine.

Tom hielt ihm seine Hand unter die gummischwarze Hundenase.

„Such verloren, mein schlauer Hund! Such verloren, Nicki! Such!"

„Es riecht genau so übel wie Herrchens Hand", mischte Locke sich ein. „Such verloren, Nicki!"

17. Niemand zu Hause

Sascha hatte eine schlimme Nacht hinter sich – mit Schmerzen, leichtem Fieber, Übel- und Mattigkeit.

Aber er war robust wie ein Ackergaul, und eine Blutvergiftung schien sich nicht anzubahnen.

Jetzt, am Samstagmorgen, ging es ihm etwas besser. Er trank von dem Tee, den Oma ihm brachte, und aß auch ein paar Happen.

Mehr Anlaß zur Sorge bot Eugenie.

Die Aufregung war zuviel für sie.

Ihr schwaches Herz schlug Purzelbäume, aber nicht vor Freude, der Puls flatterte, und ihre Beine waren so schwach, daß sie an diesem Morgen im Bett blieb.

Oma versorgte sie mit bewährten Hausmitteln, und von den Herztropfen nahm Eugenie gleich doppelt soviel.

„Wenn die uns nun umbringen", flüsterte sie, als Oma bei ihr auf der Bettkante saß.

„Mach dir keine Sorgen, Eugenie. Das werden sie nicht tun. Warum sollten sie?"

„Aber der große Kerl hat doch gesagt, daß wir seine Geiseln sind. Und wenn es hart auf hart geht, dann ..."

„Der droht nur, Eugenie. Außerdem wird man sie hier nicht entdecken. Du weißt ja, daß ich sehr zurückgezogen lebe. Nun gut, ein Nachbar könnte an die Tür kommen. Oder der Briefträger. Oder der eine oder andere aus dem Ort. Aber wir sind ja nicht da."

Das hatte Hartwig vorhin als Parole (*Leitspruch*) ausgegeben. Türen und Vorhänge mußten geschlossen bleiben. Niemand durfte sich am Fenster sehen lassen.

Für jeden, der sich Omas Häuschen näherte, sollte der Eindruck entstehen, daß hier total tote Hose sei.

„Und deine Leute?" fragte Eugenie.

„Da erwarte ich im Moment niemanden. Gunter und auch Helga rufen zwar regelmäßig an. Ja, sie kümmern sich in rührender Weise um mich – und nicht nur pflichtschuldig, sondern echt gern. Aber vorläufig wird niemand vorbeikommen."

„Nein?"

„Nein. Sie wissen doch, daß du hier bist. Und da wollen sie uns nicht gleich überfallen. Wir haben vereinbart, daß ich anrufe und sie alle zum Abendessen oder Kaffee herbitte. Das gilt auch für die Kinder."

Eugenie seufzte und schob das Kopfkissen höher.

„Hoffentlich verschwinden sie bald, diese Verbrecher."

„Ich fürchte, so schnell werden wir sie nicht los. Dieser Hartwig hat vorhin Nachrichten gehört – als ich in der Küche war. Ich konnte nicht alles verstehen. Aber es scheint, daß die Polizei hier in der Gegend eine Großrazzia macht."

„Ob dann die Polizisten von Haus zu Haus gehen?"

„Bestimmt nicht. Da gäbe es ja kein Ende." Oma aß einen der Weihnachtskekse, die sie bereits gebacken hatte. „Weißt du, wieviel die Banditen bei ihrem gestrigen Raub erbeutet haben? Rätst du nie, Eugenie. Über eine Million."

„Soviel? Ist das Geld in dem Koffer?"

„Ich glaube. Hartwig hat ihn drüben", sie deutete zur Wand, hinter der das Gästezimmer war, „unters Bett geschoben."

Eugenie preßte eine Hand aufs Herz.

„Daß ich so schwächlich bin, Elisabeth – weißt du, manchmal ärgert mich das. Hätte ich doch Sport getrieben, als ich jung war! Aber dafür habe ich mich gar nicht interessiert."

„Ich bin viel gewandert", erwiderte Oma. „Vor allem mit meinem Mann. War das herrlich! Wandern würde ich auch heute noch gern. Aber das Knie macht nicht mit."

*

Nicki wußte genau, was von ihm erwartet wurde.

Den schweren Schädel gesenkt, streifte er mit der Nase fast den Schnee. Den buschigen Schwanz streckte er waagerecht. Alle Muskeln schienen gespannt zu sein.

Tom führte ihn am Bordstein entlang.

Auf der Fahrbahn hatte in aller Frühe der Schneepflug für Ordnung gesorgt.

Dort war nur noch blankes Eis, und nichts blieb verborgen. Jeder Zigarettenstummel fiel auf.

Der Schneepflug hatte Matsch und harschige Klumpen über den Bordstein auf den Gehweg geschoben.

Dort war ein wadenhoher Wall entstanden, der sich bis zur Kreuzung hinzog.

„Unter dem Abraum", meinte Tom, „könnte das Geldkuvert liegen – falls es nicht inzwischen gefunden wurde."

Locke nickte. Sie begleitete ihn zu Fuß, hatte ihr Mofa neben seinem Roller geparkt.

Wegen der Diebe, die auch in den Dörfern die heile Welt untergraben, trugen die beiden ihre Sturzhelme mit sich.

Nicki schnüffelte und stemmte sich in die Leine.

An der Bushaltestelle, wo zur Zeit niemand wartete, scharrte er im Schnee.

Eisbrocken flogen gegen einen Zaun im Hintergrund. Dann zerrte Nicki eine halbe, jetzt tiefgekühlte Bockwurst hervor.

„Da kann man nichts machen", meinte Locke.

Beide sahen zu, wie es ihm schmeckte.

Nicki schnüffelte weiter.

Bis zur Kreuzung schien unter dem Schneewall nichts Interessantes zu liegen. Den Laternenpfahl an der Ecke beschnupperte der schlaue Hund mindestens eine Minute. Dann hob er das Bein und ließ einen gewaltigen Strahl ab.

„Jetzt noch das Stück bis zu Lilienhahns Haus", meinte Tom. „Deine Idee war gut, Locke-Liebling. Aber der Erfolg will sich nicht einstellen. Manchmal hat selbst unsereins Pech."

„Laß ihn nochmal an deiner Hand riechen. Sonst überdeckt die Bockwurst, und er sucht nach der zweiten Hälfte."

Tom stimmte Nickis Riechorgan ein. Sie bogen links ab, folgten der schmalen Straße, in der nicht geräumt war, und spähten hierhin und dorthin.

Nicki lief zickzack. Er wedelte aufgeregt. Aber das galt sicherlich den Fährten der Katzen und Hofhunde.

Aus einer Hofeinfahrt kläffte ihn eine Promenadenmischung an, die ein bißchen wie eine Ratte aussah und keinen Zentimeter größer war.

Da es sich um eine Hündin handelte, zeigte Nicki keinen Ärger, sondern Begeisterung. Offenbar roch sie auch gut. Denn er beschnupperte sie von allen Seiten, was sie mit angelegten Ohren und eingekniffenem Schweif erduldete.

„Hund!" sagte Tom. „Wir sind nicht zum Vergnügen hier. Such verloren! Mach!"

Als sie Lilienhahns Haus erreichten, schien alle Hoffnung verloren.

Nicki schnupperte an den Schneebergen rechts und links der Gartenpforte. Mehrere Hunde hatten hier bereits markiert. Auch er hinterließ seine Marke.

„Elender Bockmist!" fluchte Locke sehr unfein. „Da bringt man ein gewaltiges Opfer, indem man früh aufsteht. Und so wird das belohnt. Ich bitte dich herzlich, verlier nie wieder Geld."

„Freiwillig nicht, du Opferlamm. Aber ..."

Er sprach nicht weiter, denn Lilienhahns Eingangstür öffnete sich.

„Dachte ich's mir doch", rief Lilienhahn, ein silberhaariger Golflehrertyp mit wettergegerbter Haut, „daß du nochmal kommst, Tom. Hallo, Locke! Wie geht's? Und euren mischrassigen Prachtkerl habt ihr auch mitgebracht. Wohl, wohl!"

Sie begrüßten ihn. Und Tom fügte hinzu: „Nicki ist wegen seiner Spürnase dabei. Als ich gestern zurückfuhr, habe ich nämlich was verloren. Wir dachten, vielleicht stößt unser Tiger drauf."

Lilienhahn war lächelnd zum Gartentor gekommen. Eine Strickjacke umschlotterte ihn. Außerdem trug er Hauslatschen mit heruntergetretener Fersenkappe.

„Junger Freund!" Er hob den Zeigefinger. „Du scheinst ja

recht zerfahren zu sein. Lenkt dich deine hübsche Freundin so ab?“

„Nö!“ sagte Locke. „Im Gegenteil. Ich lenke ihn nicht ab, sondern hin – auf den rechten Weg. Und meistens ist er die Ruhe selbst, nämlich so temperamentvoll wie ein Doppelzentner Frühjahrskartoffeln. Aber mit meinem feurigen Wesen gleiche ich das aus.“

Lilienhahn lachte.

Er kannte beide gut, auch den Rest der Familie.

„Sie hält ihre Zappelei für Temperament“, sagte Tom. „So, jetzt müssen wir weiter. Wollen noch bei der Oma vorbeischauen.“

„tststs!“ schüttelte Lilienhahn den Kopf. „Und doch bist du zerfahren. Hast ja schon wieder was vergessen.“

„Wer? Ich?“ fragte Tom.

„Na, klar! Bist ja schließlich deshalb nochmal hergekommen, nicht wahr?“

„Häh? Im Moment checke ich nicht, was Sie meinen.“

„Darauf!“

Lilienhahn griff in die Gesäßtasche und zog einen Umschlag aus steifem Papier hervor.

„Na? Das Geld von der Sammlung. Hast es gestern auf der Flurgarderobe liegen lassen. Gefunden habe ich es allerdings erst heute. Genau gesagt: vor zehn Minuten. Gerade eben wollte ich deine Mutter anrufen. Aber dann sah ich euch.“

Tom wandte sich Locke zu.

Ihre Augen blitzten wie schwarze Diamanten.

Beide brachen in Gelächter aus.

Nicki, der das sehr komisch fand, sprang an ihnen hoch und mußte beruhigt werden.

„Wenn Sie wüßten, Herr Lilienhahn“, rief Locke.

Dann erzählten sie ihm alles.

„Aber auf die Idee, Tom, daß du's bei mir vergessen hast“, schmunzelte Lilienhahn, „bist du nicht gekommen. Weil du mit deinen Gedanken bei Locke warst. Gib es zu!“

„Sie haben recht, Herr Lilienhahn“, lachte Tom.

Sie verabschiedeten sich.

Als sie zurück sockten, meinte Tom: „Er ist eine nette alte Haut. Und von Tieren versteht er was. Aber wie er mich einschätzt – da kann ich nur lachen. Als könnte mich irgendwas oder -wer aus der Ruhe bringen.“

„Jetzt tönst du. Hahah! Aber ich hätte dich sehen wollen – ohne die grenzenlose Güte meiner Oma. Da wärst du recht unruhig gewesen. Hättest hintreten müssen vor Helgas Antlitz, um Zerfahrenheit zu bekennen und den Verlust von 637 Mark. Oma wird sich freuen, wenn sie die jetzt zurückkriegt. So kurz vor Weihnachten – da braucht man jede Mark. Besonders Großmütter brauchen sie. Weil sie gern schenken.“

Sie holten ihre Knatterstühle.

Nicki lehnte es ab, im Korb Platz zu nehmen.

Er lief nebenher, während sie durch den alten Dorfkern waldwärts fuhren, wo Omas Häuschen steht: in der lauschigsten Gegend.

Als sie ankamen, sahen sie den Postzusteller Alfons Schneckler, einen knochigen Oldie, der schon seit 40 Jahren in Birkenrode seinen Dienst versah.

Neuerdings klagte er über Rheuma, war aber immer noch rüstig.

Eben hatte er ein Päckchen vor der Haustür auf die Schwelle gelegt, mehrmals den Kopf geschüttelt, wiederum den Messingklopfer betätigt, dann aber den Rückzug angetreten.

„Tag, Herr Schneckler“, begrüßten ihn die beiden. „Nanu!“

„Ganz recht!“ nickte er. „Es ist niemand zu Hause. Merkwürdig. Samstags geht eure Oma eigentlich nie einkaufen. Ist sie verreist? Das hätte sie mir doch erzählt.“

„Sie hat Besuch“, sagte Locke. „Eine Jugendfreundin. Sicherlich machen sie einen Spaziergang. Oder sie sind im Café Bülse. Haben Sie Geld zu kriegen? Zustellungsgebühr? Herr Conradi zahlt's gern.“

„Nein, nichts“, wehrte Schneckler ab. „Ich wußte nur nicht,

wohin ich das Päckchen legen sollte. Gehabt euch wohl, ihr beiden."

Er zwang seine rheumatischen Knochen auf das Dienstfahrrad und schlingerte den Weg zurück.

Tom kratzte sich am Kopf.

„Geschlossene Vorhänge, Locke-Liebling! Das sieht aus, als wären die beiden zu nachtschlafender Zeit aufgebrochen. Naja, hell wird's erst spät. Vielleicht sind sie mit dem Bus in die Stadt gefahren?"

„Möglich. Wenn Oma allein wäre, hätte mich jetzt die Unruhe gepackt."

Tom nickte. „Ein alleinstehender, alter Mensch kann schnell mal verunglücken in seinen vier Wänden. Und ist dann völlig hilflos. Aber daß beide gleichzeitig ausrutschen, ist nicht anzunehmen."

Trotzdem umrundete er das Haus, indessen sich Nicki vor den Eingang setzte, die Tür anhimmelte und freudig jaulte.

Locke sah sich das Päckchen an.

Absender war ein Versandgeschäft für Gesundheitstees.

Tom kam zurück.

„Alles dicht. Sind bestimmt nicht da. Aber unser Vierbeiner riecht die Oma und würde sie zu gern begrüßen."

„Oder er riecht die Katze", meinte Locke.

„Dann wäre er nicht so frohsinnig, sondern jagdeifrig, obwohl er ihr, wenn er sie erwischen sollte, kein Härchen krümmen würde."

„Hm."

Irgendwas stört mich, dachte Locke.

Sie betätigte den Messingklopfer.

Dann legte sie das Ohr an die Tür und lauschte.

Aber im Haus blieb alles ruhig.

„Kein Grund, die Tür aufzubrechen", sagte Tom. „Nehmen wir das Geld wieder mit? Nein! Ich stecke das Kuvert in den Briefschlitz."

Briefe und die Tageszeitung paßten unter der Eisenklappe

durch. Das Gesundheitstee-Päckchen war dafür zu groß.

Tom klopfte die Taschen seiner daumengefütterten Windjacke ab, fand einen Bleistiftstummel und schrieb auf das Kuvert.

Liebe Oma, wie Du siehst, hat sich das Geld angefunden, und ich kann's dir zurückgeben. Nochmals lieben Dank für Deine Hilfe. Auch Locke und Nicki waren mit. Aber wir haben Euch nicht angetroffen. Schönes Wochenende – und herzliche Grüße von uns allen! Auch an Frau von Hauch. Dein Tom

Klennnggg... fiel die Briefschlitzklappe zu.

„Hoffentlich schläft Frau Holle", sagte Locke – und meinte Omas Kätzin.

„Weshalb?"

„Wenn sie sich langweilt, könnte ihr Spieltrieb erwachen. Stell dir vor, sie fährt ihre Krallen aus und beschäftigt sich mit dem Kuvert. Dann findet Oma nur Papierfetzen vor, aber keine Banknoten."

„Und sieben Mark in Münzen. Die halten den Krallen stand."

„Hoffen wir das Beste!"

Sie stiefelten zur Gartenpforte.

Nicki mußte gezogen werden. Als sie abfuhren, sah er immer wieder zurück.

Auch Tom wandte einmal den Kopf.

Sein Blick erfaßte das Häuschen, und ihm schien, als bewege sich am Gästezimmerfenster im Obergeschoß eine der geblümten Gardinen.

Ein optische Täuschung? Natürlich. Immerhin waren sie schon ein ganzes Stück entfernt, und die kalte Winterluft flimmerte.

18. Autodiebstahl

Durch den Gardinenspalt blickte Hartwig, der Hüne, der Dreier-Gruppe nach.

Verdammt! Die waren beharrlich gewesen. Und der Köter wäre am liebsten unter der Tür durchgekrochen. Erst dieser dusselige Briefträger, der's nicht fassen konnte, daß die Alte nicht da war. Und jetzt diese Bälger mit ihrem Vieh.

„Sind sie weg?“ röchelte Sascha.

Er lag im Bett. Sein Gesicht war schweißbedeckt. Er fühlte sich noch elender als er aussah.

„Sind weg.“

„Wer war das?“

„Offenbar die Enkelkinder. Alle haben von der Oma gesprochen. Einen Köter hatten sie mit, der wie ein Tiger aussieht – und auch beinahe so groß ist.“

„Ich kann Hunde nicht leiden“, Sascha hustete. „Auch Katzen nicht. Paß auf, daß dieses Schnurrvieh nicht wieder hier reinkommt.“

„Ich habe die Katze rübergejagt. Sie ist jetzt bei den Alten.“

Daß es im Hause eine Katze gab, hatte er erst spät in der Nacht bemerkt, als Frau Holle hinter dem Sofa hervorkam, wo ihr Körbchen meistens steht.

Ohne ihn zu beachten, war sie in die Küche stolziert, um aus ihrer Milchschüssel zu saufen.

Heute früh war sie ins Gästezimmer gekommen – aus reiner Neugier – und zu Sascha aufs Bett gesprungen, was den fürchterlich erschreckte.

„Die Enkel vermuten“, sagte Hartwig, „die beiden Alten seien in die Stadt gefahren. Mit dem Bus. Soll uns recht sein.“

„Und wenn sie wiederkommen? Ich meine die Bälger.“

„Hm.“ Hartwig wandte sich vom Fenster ab.

„Sind wir hier sicher, Hartwig?“

„Im Moment noch. Was willst du denn machen, heh? Du schaffst keinen Schritt. Alle Welt weiß inzwischen, daß wir, die

Gesuchten, Uniform tragen. Wenn ich vor die Tür trete, haben sie uns. Ich kann von hier aus die Dorfstraße sehen. Nur einen Ausschnitt zwischen zwei Häusern. Immerhin! Dreimal schon ist ein Streifenwagen vorbei gerollt. Die geben nicht auf, die verdammten Bullen. Weg können wir erst, wenn die Luft rein ist. Zwei, drei, vier Tage kann's dauern, bis die Bullen abziehen. Dann sperre ich die beiden Tanten im Keller ein, nehme dich huckepack, und wir schleichen ab. Bei Nacht, selbstverständlich."

„Hoffentlich erlebe ich das noch."

„Was willst du denn? Dir geht's doch schon besser."

„Viel besser! So gut, daß ich keinen Schritt schaffe – wie du selbst festgestellt hast."

„Die Wunde heilt. Mehr kannst du nicht erwarten."

Er ging zur Tür.

„Bring mir ein Bier!" verlangte Sascha.

„Nachher. Erst sehe ich mal nach, was unten in der Diele liegt. Der Junge hat einen Zettel in den Briefschlitz geworfen."

Schwerfällig stieg Hartwig die Treppe hinunter. Er hatte wenig geschlafen und fühlte sich völlig zerschlagen. Was ihm am meisten zu schaffen machte, war die Ungewißheit. Er wußte nicht, wie es weitergehen sollte.

In der Diele fand er das Kuvert.

Grinsend las er.

Dann riß er den Umschlag auf und nahm das Geld heraus.

Wer den Pfennig nicht ehrt ..., dachte er. In unserem Fall heißt das: Wer die 637 Mark verachtet, ist die 1,2 Millionen nicht wert.

Er schob das Geld in die Tasche.

Um nicht ständig aufpassen zu müssen, hatte er die beiden Seniorinnen wieder in Omas Schlafzimmer eingeschlossen.

Immerhin klopfte er, bevor er eintrat.

„Hier!" Er warf das Kuvert auf ein Tischchen. „Das Geld ist bei mir besser aufgehoben. Waren das deine Enkelkinder, Rehm?"

Oma nickte. Sie sah fast so blaß aus wie Eugenie.

„Sind die hier aus dem Dorf?" wollte Hartwig wissen.

„Aus der Stadt."

„Hast du sie für heute erwartet?"

„Nein. Ich bin überrascht."

„Kommen sie wieder?"

„Natürlich. Sie besuchen mich gern."

„Wann müssen wir mit ihnen rechnen?"

„Das weiß ich nicht. Dafür gibt es keine festen Tage."

Hartwig überlegte, nagte an der Unterlippe und befahl der Oma dann, was Anständiges zu kochen.

*

Das Verhängnis begann, als Mick Bräh – Autobahn-Bandit und beauftragt mit dem Mord an Podbilska – das Haus verließ.

Er wohnte in einer Mietskaserne, hofseitig, mit Blick auf Mülltonnen und die fensterlose Rückseite einer Kartonagen-(*Pappdeckel*)-Fabrik.

Heute war sein Tag. Heute kam es darauf an. Heute mußte er sich auf eine Weise bewähren, die alle bisherigen Grenzen sprengte.

In den USA, dachte er, würde man mich Killer (*jemand, der in fremdem Auftrag tötet*) nennen. Hm! Hört sich gut an. Jedenfalls ist das einer, vor dem alle zittern. Schade, daß man's nicht an die große Glocke hängen kann. Aber – jawohl! – mir wird man anmerken, daß was Besonderes in mir steckt. Ab morgen verbreite ich einen eiskalten Hauch.

Trotz dieser inneren Einstellung schien mit seinen Knien irgendwas nicht in Ordnung zu sein. Sie schlackerten etwas.

Um sich Mut zu machen, ging er besonders forsch: mit hartem Tritt.

Außerdem bewegte er die Arme wie ein Boxer, der Anlauf nimmt: im Rhythmus der Schritte.

Dabei passierte es.

Links, nämlich genau mit der Armbanduhr, streifte Mick Bräh die Mauerkante.

Das wirkte wie ein Hammerschlag.

... zrrrennnggg ...

Uhrenglas bröselte. Metall, das wie Gold aussah, dellte sich und schrammte.

Sein Handgelenk schmerzte.

Er starrte auf das Gebilde, das seine Uhr gewesen war.

Demoliert! Total im Eimer!

Die Uhr sah aus, als wäre sie unter eine Planierraupe geraten.

Elender Mist!

Bräh wußte nicht, sollte er auf sich selbst böse sein, auf die Mauerkante oder den Uhrenhersteller.

Die Zeitzwiebel war nicht billig gewesen, sondern hatte 750 Mark gekostet. Reparieren ließ sich da nichts mehr. Nein, nicht wie die aussah.

Und im Moment war er so pleite, daß er sich keine neue kaufen konnte – jedenfalls keine, die an das Handgelenk eines Killers gehört. Außerdem drängte die Zeit. Es ging auf Mittag. Höchste Eisenbahn, den Wagen zu klauen.

Ärgerlich warf er das Uhrenwrack samt Lederarmband in den Papierkorb an der Lichtpeitsche.

Im selben Moment wurde ihm bewußt, daß es nun ein Wagen mit Uhr sein mußte, den er für seinen Mordauftrag brauchte: ein Wagen mit Uhr am Armaturenbrett.

Genaue Zeit war wichtig. Besonders in diesem Fall.

Er zitterte los. Drei Innenstadt-Straßen klapperte er ab. Aber hier herrschte ständiges Kommen und Gehen. Ein Autodiebstahl würde rasch auffallen, weil die Parkzeit begrenzt war.

Kaum hatte jemand eingekauft, war er schon wieder an seinem Wagen.

Nein, so ging's nicht.

Also entschloß sich Bräh für die Parkplätze am Rande der Innenstadt. Dort ließen Anwohner ihre Benzinkutschen einschneien. Manche standen tagelang auf demselben Fleck, ohne einen Reifen zu bewegen.

Er sockte los.

In Gedanken arbeitete er die letzte Nacht auf.

Bis vier Uhr früh hatten sie sich im Hauptquartier angeödet: Lorenz, Olaf Haschke – der Töpfer – und er selbst. Gereizt hatten sie auf den erlösenden Anruf gewartet. Aber das Telefon blieb stumm.

Das heißt, gegen halb drei Uhr nachts hatte eine aufgebrachte Tante angerufen – sich aber verwählt, wie sich herausstellte. Sie wollte die ZUCKER-PUSSY-BAR, um ihren Alten, der dort rumhing, nach Hause zu befehlen. Haschke hatte ihr geraten, ihn zum Teufel zu jagen.

Was war mit Sascha und Hartwig? Wo steckten sie? Weshalb riefen sie nicht an? Fehlten ihnen Münzen zum fernsprechen?

„Sie haben einen Koffer mit 1,2 Millionen", hatte Lorenz gesagt, „aber sicherlich keine Zehn-Pfennig-Stücke. Typisch!"

An der Ungewißheit hatte sich bis jetzt nichts geändert.

Aber es war sinnlos, noch länger draußen in der Einöde rumzusitzen.

Es genügte völlig, wenn Haschke, der Hausherr, dort die Stellung hielt.

Lorenz befand sich wieder in seinem Secondhand-Shop, wo ein Schlosser die Hintertür reparieren sollte.

Und ich, dachte Bräh, wachse in meine Rolle als eiskalter Killer hinein. Konnte ihn ja noch nie leiden, den Podbilska. Wird mir ein Vergnügen sein, ihn zu meucheln.

Irgendwann nachmittags fand er, was er suchte: einen grauen BMW, nicht zu auffällig.

Er stand ganz hinten auf einem randvollen, aber unbewachten Parkplatz, stand regelrecht versteckt.

Obwohl es gegen Morgen geschneit hatte, war der Asphalt zwischen den vier Rädern trocken – wie Bräh feststellte, als er sich bückte.

Das bedeutete: Der Wagen stand hier schon lange.

Bräh sah sich nach allen Seiten um.

Die Luft war zwar nicht rein – das kann man von Großstadtluft nie behaupten –, aber niemand beobachtete ihn.

Er zog Schraubenzieher und Drahtschlinge unter der Jacke hervor.

Nur ein Kratzer am Rahmen, dann war die Fahrertür entriegelt.

Er glitt hinters Lenkrad.

Kurzschließen! Zigmal hatte er das geübt, als er sich noch mit Autodiebstahl abgab – hauptberuflich.

Trotzdem sah er immer erst ins Handschuhfach.

Weil man's einfach nicht glauben konnte, wie oft dort der Zweitschlüssel liegt.

Wie auch jetzt! Nicht zu fassen! Aber schön! Dieser Leichtsinn der Leute!

Andächtig schob er den Zündschlüssel ins Schloß. Die Quarzzeituhr am Armaturenbrett ging sicherlich auf die Sekunde genau und war so leise wie der Herzschlag eines Flohs.

Grinsend startete Mick Bräh, der Killer, den Wagen.

19. Unentschuldigtes Fehlen

Locke sagte, sie friere. Und das sei zurückzuführen auf einen Mangel an innerem Brennstoff. Denn körperlich hätte sie sich ganz auf ein Frühstück bei der Oma eingestellt, auf ein Frühstück mit selbst-gebäckertem Vollkornbrot, Pflaumenmus à la Oma Rehm und aromatischem Darjeeling-Tee.

„Mir geht's genauso", meinte Tom. „Aber was nicht ist, ist nicht. Sieh dir unseren Tiger an. Er hat auch Hunger wie ein solcher. An einer Metzgerei würde ich ihn jetzt nicht vorbeiführen. Sofort wäre er drin."

Sie befanden sich auf dem Rückweg.

Nicki war etwa drei Kilometer gelaufen.

Dann zeigte sich hundepfoten-feindliches Streusalz auf den Straßen, und Tom hatte seinen Vierbeiner energisch in den Mitfahrerkorb befördert.

Über dem Otternbacher Forst, einem ausgedehnten Waldgebiet, schwebte ein Polizei-Hubschrauber.

Was die Straßen betraf, schien eine Streifenwagen-Rallye im Gang zu sein.

Alle naselang kurvte ein City-xy-Fahrzeug vorbei, besetzt mit mindestens zwei Uniformierten, die scharfäugig in die Gegend spähten und dabei ihr Frühstücksbrot aßen.

„Denen wird was fehlen, wenn die Razzia vorbei ist", meinte Locke. „So kommen sie doch wenigstens mal raus aus der Häusermeer-Enge unserer Riesenstadt."

„Die Ordnungshüter kommen zwar raus", nickte Tom mit behelmtem Haupt. „Aber bei der Aktion kommt nichts raus. Die Autobahn-Banditen, die flüchtigen, sind vom Erdboden verschwunden. Ich befürchte, sie konnten sich in Sicherheit bringen. Vermutlich lachen sie sich in sämtliche Fäustchen. Und ihr Hauptproblem wird sein, die Millionenbeute richtig zu zählen und zu teilen. Hoffentlich geben sie das Geld bald wieder aus. Das würde wenigstens die Wirtschaft ankurbeln."

„Die hat's nötig", meinte Locke. „Was ist nun? Lädst du

mich zum Frühstück ein? Weißt ja, daß ich nicht viel esse. Aber ein bißchen darf's sein."

„Am gemütlichsten ist es, finde ich, bei euch in der Küche. Gunter ist sicherlich erwacht. Auch Mike dürfte inzwischen auf den Beinen sein. Wie ich die beiden kenne, haben sie irgendwas im Eisschrank gefunden, und wir könnten teilnehmen. Aber vorher bringen wir Nicki nach Hause."

„Es ist immer wieder lustig, was du unter einer Einladung verstehst."

Tom grinste. „Demnächst – Weihnachten oder so – lade ich dich ganz groß ein: in die neue Fritten-Bude am Markt. Die sollen dort, hörte ich, einen ganz tollen Ketchup haben."

„Ich kann's kaum erwarten. Aber was unsere Küche betrifft, hast du recht. Und wir sollten wirklich zu Gunter brettern. Wahrscheinlich hat er die neusten Infos drauf."

Bei Helga, die gerade mit einer Gurkenmilch-Gesichtsmaske aus dem Bad kam, lieferten sie Nicki ab.

Auch Gunter verließ gerade das Bad, als sie etwas später die Rehmschen vier Wände stürmten. Er hatte allerdings keine Gurkenmilch auf dem Gesicht, sondern lediglich etwas Rasierschaum am Ohr.

„Um Himmels willen", meinte er, „wieso kommt ihr von draußen? Ich denke, du schläfst noch, Nina."

Schuldbewußt blickte Locke zur Schiefertafel, die wie immer für familiäre Mitteilungen hinter der Tür hing.

„Oje! Diesmal habe ich ganz vergessen, Ziel, voraussichtliche Dauer und den Gefährlichkeitsgrad meiner Außerhäusigkeit zu vermerken. Auch daß ich wie üblich in schlechter Begleitung war. Und bin. Zum Ausgleich, Papilein, werde ich dir die 637-Mark-Story eines total zerstreuten Typen erzählen. Hast du Frühstück gemacht?"

„Mike ist dabei. Aber wir haben nur acht Eier. Für euch reicht das nicht mehr."

„Es geht nichts über einen liebevollen Vater", sagte Locke zu Tom. „Bitte, tritt ihn vors Schienbein!"

Aus der Küche rief Mike: „Nein, diesmal bin ich nicht am Schienbein verletzt, sondern am Knie. Aber es heilt bereits."

Er hatte nur ‚Schienbein' gehört und glaubte, von ihm sei die Rede. Obwohl die Verletzungen, die er sich bei seiner Fußball-Leidenschaft zuzieht, im allgemeinen kein Thema mehr sind. Ausgenommen, die Ambulanz bringt ihn heim.

Locke tippte sich auch nur an die Schläfe.

Hörbare Äußerungen vermied sie.

Mike, als derzeitiger Küchenchef, hätte sie sonst von der Frühstücksrunde ausgeschlossen.

Sie frühstückten.

Das Pärchen erzählte: von der 637-DM-Angelegenheit. Von Omas und Eugenies Abwesenheit. Vom Polizeiaufgebot draußen auf dem Land. Von dem Ärgernis, Streusalz statt Splitt zu verwenden.

Gunter trank vier Tassen Kaffee.

Der griechische Wein lag ihm noch im Magen – und steckte in den Haarspitzen. Er hatte etwas Tränensäcke heute morgen. Zwar paßten die in sein markantes Gesicht. Dennoch wollte er nachher drei Stunden Tennis spielen. Mit Helga, solange sie durchhielt, anschließend mit einem Trainer, der für seine Volleys *(den Ball vor dem Aufspringen schlagen)* bekannt war.

„Seid froh", sagte Gunter zu dem Nachwuchs-Pärchen, „daß wir so eine Oma haben."

„Sind wir", nickte Tom, während er den Rest seines Spiegeleis mit Toastbrot aufwischte. „Und wie!"

„Sie war also nicht zu Hause", überlegte Gunter laut. „Aber jetzt könnten die Damen zurück sein. Ist ja bald mittag. Ich rufe mal an."

Damit hatte er keinen Erfolg.

Eine Minute lang hörte er sich das Freizeichen an.

Bekanntlich ertönt das auch, wenn der Apparat keinen Kontakt mehr zur Außenwelt hat, weil das Kabel aus der Wand gerissen ist. Für jemanden, der anruft, ist also nichts Ungewöhnliches festzustellen.

Deshalb war Gunter kein bißchen beunruhigt, als er achselzuckend auflegte.

„Anscheinend vergnügen sie sich in der Stadt“, meinte er – und ließ sich wieder am Küchentisch nieder.

„Wir haben nun alles berichtet“, sagte Locke. „Jetzt bist du dran. Welche Neuigkeiten hinsichtlich der Banditen kannst du uns bieten?“

„Die Infos kriege ich erst noch. In einer halben Stunde bin ich mit Oberkommissar Hochtürh im Präsidium verabredet.“

„Paßt uns gut“, grinste Tom. „Im Augenblick haben wir nichts anderes vor.“

„Vergeßt nicht, ihm zu sagen“, mischte sich Mike ein, „daß nach euren Feststellungen Podbilska das Blaue vom Himmel lügt. Ich meine, daß er voriges Jahr um diese Zeit keine Prügel bezogen hat – von zwei oder drei Schlägern.“

„Hast recht“, nickte Gunter. „Das weiß Hochtürh noch nicht.“

Während Mike das Geschirr in die Spülmaschine stellte, fuhren die drei ins Präsidium.

Der Oberkommissar saß in einem schmucklosen Büro und schien sich zu grämen, weil er am Wochenende Dienst machen mußte.

Daß Locke dabei war, munterte ihn auf.

Eine Tochter zu haben, war immer sein Wunsch gewesen. Stattdessen hatte er fünf Söhne in die Welt gesetzt – und dann aufgegeben, weil – wie er manchmal bemerkte – das Einfamilienhaus aus allen Nähten platzte.

„Sind die beiden jetzt ständige Mitarbeiter bei dir?“ fragte er Gunter.

„Ich fürchte fast. Sie arbeiten zwar nicht. Sind aber immer dabei, wenn's irgendwo spannend wird.“

Hochtürh lächelte. „Tja, was den Fluchtwagen der beiden Banditen betrifft, konnten wir inzwischen folgendes feststellen: Nur einer der Täter ist verletzt. Die Blutspuren stammen von *einer* Person. Mit dem Empfänger, den sie im Wagen hatten, konnten sie den Polizeifunk abhören. Auch den Sprechfunk der Funktaxis. Die Razzia ist bis jetzt ergebnislos verlaufen, obwohl wir nichts unversucht lassen. In der Sache Lorenz stehen wir ziemlich dumm da. Daß er, Lorenz, der Unfallfahrer ist, läßt sich nicht mehr beweisen."

„Reizend", knurrte Günter. „Endlich mal Mißerfolge. Hat aber auch sein Gutes. Sonst wird die Polizei zu mächtig, die Kriminellen satteln auf ehrlich um, und wir müßten unseren Polizeireporter entlassen."

„Spotte nur", meinte Hochtürh. „Ich muß das nach oben verantworten und kriege dauernd was auf die Mütze."

„Mike!" erinnerte Locke ihren Vater.

„Was?"

„Mike sagte, du sollst nicht vergessen ..."

„Ach so. Ja. Also, Klaus. Wir waren gestern abend noch bei Podbilska draußen in Gernhausen und konnten feststellen ..."

Er erzählte.

Hochtürh machte sich Notizen auf einem Block, schrieb aber nur drei, vier Worte, begann dann zu malen und entwarf einen Weihnachtsengel, der im Gesicht wie ein Strafzettel-Polizist aussah, nämlich finster blickte.

„Interessant, Gunter. Also hat Podbilska gelogen. Raukel", er meinte den Polizeimeister, der Lorenz erschießen wollte, „ist geständig und beantwortet jede Frage. Ich glaube nicht, daß er lügt. Es dürfte der Wahrheit entsprechen, daß Podbilska ihm die Dinge erzählt hat, die Lorenz zum Unfallfahrer stempeln. Das bedeutet: Aus irgendeinem Grund hat Podbilska den Polizeimeister Raukel gegen Lorenz aufgehetzt."

„Soweit waren wir auch schon mit unseren Überlegungen", nickte Gunter. „Was wirst du unternehmen?"

„Den Fall an die Kripo verweisen."

„Ich denke, das hast du schon gestern abend gemacht."

„Da war der zuständige Kollege bereits zu Hause. Aber noch ist nichts verloren. Der Wochenend-Bereitschaft sage ich jetzt gleich Bescheid. Freilich – die stehen Gewehr bei Fuß für aktu-

Hat er sich entschuldigt?

elle Notfälle. Mit Vernehmungen in einer Sache wie dieser können sie sich vor Montag nicht befassen."

„Naja, am Montag wird Podbilska wohl noch da sein", meinte Gunter.

„Welches Motiv der auch hat für seine Lügen: An Raukels Schuld ändert es leider nichts. Allenfalls könnte man vermuten, daß er auf den Falschen geschossen hat. Aber – mal unter uns gesagt – das glaube ich nicht. Lorenz hat Dreck am Stekken. Das spürt man."

Niemand widersprach.

Es klopfte. Ein Uniformierter trat ein, grüßte freundlich und machte seinem Vorgesetzten eine Meldung.

„Hauptwachtmeister Sascha Führnert ist heute nicht zum Dienst erschienen, Herr Oberkommissar. Er hätte um zehn Uhr beginnen müssen. Ich hatte ihn für die Razzia eingeteilt. Für Birkenrode und Umgebung. Jetzt sind wir personell so knapp dran, daß ich nicht weiß, wen ich an seiner Stelle mit City acht losschicken soll."

„Hat er sich entschuldigt?" fragte Hochtürh.

„Nein. Fehlt unentschuldigt. Ich habe dauernd versucht, ihn telefonisch zu erreichen. Aber da hebt niemand ab. Führnert ist Junggeselle. Meines Wissens lebt er allein."

„Hauptwachtmeister Hagn soll ihn vertreten", sagte Hochtürh.

„Der ist schon draußen in Dröstdorf."

„Und Goldstein?"

„Na gut. Soll er fahren. Unterbesetzt sind wir hier und heute sowieso."

Er nickte Gunter zu und zog ab.

„Daß du unsere Mißerfolgte begrüßt", sagte Hochtürh zu Gunter, „verzeihe ich dir nie, du Pressemensch. Jetzt siehst du mal, mit welchem Kleinkram sich unsereins rumschlagen muß. Dabei entstehen die Pannen."

„Ist doch in meinem Laden genauso."

Gunter grinste und stand auf.

20. Omas Heldentat

Eugenie von Hauch hütete das Bett. Es war ihre sichere Zuflucht.

Sie zog die Decke bis zur Nasenspitze und horchte ängstlich auf die Geräusche im Haus.

Oma befand sich in der Küche.

Sie kochte Kartoffelsuppe – was Anständiges, wie Hartwig ihr empfohlen hatte.

Ab und zu blickte er zur Tür herein.

Offenbar vergewisserte er sich, daß Oma keinen Fluchtversuch machte.

Dem Verwundeten schien es wieder schlechter zu gehen. Er rief röchelnd nach seinem Komplicen.

Hartwig stampfte die Treppe hinauf.

„Was ist?" fragte er unwillig, als er zu dem Kranken ans Bett trat.

„Mensch", flüsterte der heiser. „Weißt du, was wir vergessen haben?"

„Was?"

„Meinen Dienst."

„Wieso soll ich deinen Dienst vergessen haben?"

„Also gut", Sascha stützte sich auf einen Ellbogen. „Ich habe es vergessen. Jedenfalls ... ich müßte längst dort sein."

„Wieso? Du hast doch bis Mittwoch dienstfrei. Wegen Nachtdienst und Überstunden."

„So hieß es ursprünglich. Aber am Donnerstag haben sie mich dann doch fürs Wochenende eingeteilt. Um zehn hätte ich da sein müssen. Wie spät ist es jetzt?"

„Viel später, du Blitzmerker", schrie Hartwig. „Mann, wenn das ..."

Aber dann dämpfte er die Stimme. Immerhin hörten vier Ohren mit, für die das nicht bestimmt war.

„... wenn das nur nicht schiefgeht", zischelte er. „Warum sagst du nichts davon, du Hornochse?"

„Weil ich's für unwichtig hielt. Und weil ich nicht ahnen konnte, daß ich verwundet werde."

„Mann! Wird das auffallen?"

„Daß ich unentschuldigt fehle? Selbstverständlich!"

„Und?"

„Am besten, du rufst an, gibst dich für meinen Freund aus und erklärst, ich sei erkrankt. Später muß ich dann ein Attest fälschen. Am besten wäre, ich stelle die Verletzung als Unfall hin. Denn einige Zeit werde ich noch humpeln. Ärger kriege ich bestimmt nicht. In sechs Jahren habe ich keinen Tag gefehlt. Und damit kein Kollege auf die Idee kommt, mich zu besuchen, mußt du von außerhalb anrufen. Nimm irgend 'ne Großstadt, die mindestens 200 Kilometer entfernt ist."

„Schön und gut. Aber ich kann doch nicht telefonieren."

„Ach so."

Sascha ließ sich zurücksinken und starrte zur Decke.

„Wenn es nur nicht so verdammt hell wäre!" murmelte Hartwig und trat zum Fenster. Durch die geblümten Gardinen sah er hinaus.

„Was meinst du?" fragte Sascha.

„Ich muß telefonieren. Nicht nur deinetwegen. Ich muß irgendwen erreichen: den Chef, Olaf, Heinz oder Mick. Damit sie uns hier abholen. Wäre es Nacht, würde ich versuchen, durchs Dorf zu schleichen. Irgendwo muß eine öffentliche Telefonzelle sein. Aber jetzt kann ich das nicht riskieren."

„Heute nacht kannst du's versuchen."

Noch verdammt lange bis dahin! dachte Hartwig.

Sein Blick glitt die Straße entlang.

Omas Haus war das letzte am Dorfrand.

Der Abstand zum Nachbarn betrug etwa 50 Meter.

Auf halber Strecke verlief der Zaun.

Jenseits von ihm, also im Nachbargrundstück, standen Apfelbäume und winterkahle Büsche.

Am Haus, einem verwinkelten Fachwerkbau, rankte sich wilder Wein empor.

Schräg hinter der Garage grenzten Holzlatten, die im Viereck aufgestellt waren, eine Bodenfläche von zwei Meter Länge und gleicher Breite ab.

Einige Bohlen lagen dort nebeneinander. Die und das umgebende Gerüst verrieten Hartwig, daß sich ein Schacht oder ähnliches im Boden befand: jedenfalls eine Vertiefung, in die keiner hineinfallen sollte.

Auf die Nachbarn hatte er bisher nicht geachtet.

Jetzt sah er sie.

Sie traten aus dem Haus: ein Mann – rundlich und in einen ulsterartigen Mantel gehüllt –, eine dazu passende Frau sowie zwei Jungs im Alter von etwa sechs und acht Jahren.

Der Mann holte einen Opel aus der Garage.

Die Familie stieg ein, und der Wagen entfernte sich in Richtung Hauptstraße.

Zischend stieß Hartwig die Luft über die Zähne.

Er drehte sich um und wollte Sascha ansprechen.

Aber der Kranke war eingeschlafen. Er atmete keuchend und mit geöffnetem Mund.

Hartwig lief in die Küche hinunter.

„Heh, Rehm“, meinte er barsch, „wer sind die Leute nebenan, die aus dem Fachwerkhaus?“

„Wer die sind?“ Oma ließ den hölzernen Kochlöffel sinken. „Nette Nachbarn, was sonst. Sie heißen Schülthoff. Alwin Schülthoff ist Amtmann.“

„Haben die Telefon?“

„Bestimmt.“

„Dann werde ich rübergehen und es benutzen.“

„Sie wollen ...“ Oma stockte.

„Natürlich ohne deren Wissen“, meinte er grinsend. „Sie sind eben weggefahren. Auf dem kurzen Stück bis zur Rückfront sieht mich niemand. Das Haus schirmt zum Dorf hin ab. Ich knacke die Hintertür oder ein Fenster. Wenig später sind meine Freunde hier, und du kannst dich freuen. Dann bist du uns nämlich los.“

„Da freue ich mich allerdings sehr."

„Hol die Blaublütige runter!"

„Weshalb denn? Eugenie fühlt sich nicht gut."

„Weil ich euch in den Keller sperre, während ich den Ausflug mache. Wird's bald!"

Dieser Mensch! dachte Oma. Ungehobelt ist er, grob und gewalttätig. Eben ein Verbrecher! Hinter Schloß und Riegel gehören sie beide. Was könnte ich nur tun, um der Polizei zu helfen? Tom und Locke wüßten das bestimmt, Gunter hätte schon gehandelt. Aber unsereins gehört ja zum alten Eisen und ... Nein, nein! Auch als Seniorin lasse ich nicht mit mir umspringen!

Sie holte Eugenie.

Ihre Freundin erschrak, zog dann wollene Socken an und hüllte sich in ihren Hausmantel.

Sie mußten in den Keller hinuntersteigen, wo sie sich auf eine Holztruhe setzten.

Sie enthielt alte Bücher, für die im Wohnraum kein Platz war.

Hartwig schloß die Kellertür ab. Den Schlüssel nahm er an sich.

„Pst!" machte Oma.

Beide hielten den Atem an – und hörten, wie Hartwig durch die Hintertür ins Freie trat.

„Jetzt!" sagte Oma.

Unter der Holztreppe hingen an Nägeln und Haken allerlei Sachen: Putzlappen, Werkzeuge, Drahtrollen, Ölkännchen.

Oma griff in eine dunkle Ecke und zeigte Eugenie dann den Schlüssel.

„Der zweite Kellerschlüssel", lächelte sie. „Er ist schon ein bißchen verrostet. Ich hätte nicht gedacht, daß ich ihn nochmal benutzen würde."

„Was hast du denn vor?" fragte Eugenie ängstlich.

„Das erzähl ich dir nachher. Jetzt ist dafür keine Zeit. Du bleibst hier."

„Elisabeth, wenn ..."

„Nicht jetzt, Eugenie! Es wird schon gutgehen.“

Sie stieg die Treppe hinauf.

Der Schlüssel knirschte im Schloß. Aber die Tür öffnete sich.

Oma ließ den Schlüssel stecken.

Aus der Diele holte sie ihren wollenen Wintermantel.

Leise, ganz leise stieg sie die Stufen ins Obergeschoß hinauf.

Die Tür zum Gästezimmer stand offen.

Saschas Schlaf grenzte an Bewußtlosigkeit.

Oma kniete sich vors Bett und tastete nach dem Koffer.

Dort war er.

Sie zog ihn hervor. Dabei beobachtete sie den Kranken. Aber er wurde nicht wach.

Mit dem Koffer eilte sie die Treppe hinunter.

Hinter der Speisekammertür hingen ihre Einkaufsnetze.

Sie wählte das größte.

Vier Fußbälle hätten hinein gepaßt. Aber es war so engmaschig geknüpft, daß nicht mal ein Radieschen durchrutschen konnte.

Oma legte den Koffer auf den Tisch und klappte den Deckel hoch.

Soviel Geld! Unglaublich! Eine Riesenmenge!

Sie begann, alles in das Einkaufsnetz zu stopfen.

Als sie den letzten Schein hineingepreßt hatte, war es prall und rund.

Sie ergriff die Henkel und öffnete die Hintertür.

Kalte Luft drang herein.

Durch den Schnee führte Hartwigs Spur zum Zaun.

An einer Stelle fehlten vier Latten. Auch die Querbalken waren abgebrochen.

Manchmal wählten Jürgen und Fabian, die Nachbarskinder, diese Abkürzung, wenn sie zu ihr kamen.

Oma lief los. Ihr Knie schmerzte. Sie war auch ziemlich aufgeregt, und kurz vor der Zaunlücke wäre sie beinahe ausgerutscht. Aber sie bewahrte das Gleichgewicht und setzte ihren Weg fort.

Keinen

Hartwigs Spur verlief unter den Obstbäumen.

Zu sehen war er nicht. Also befand er sich bereits im Haus.

Noch fünf Schritte trennten Oma von dem Holzlattengerüst hinter der Garage. Auch die legte sie zurück: durch wadentiefen Schnee.

Unter den Latten duckte sie sich durch, legte das geldgefüllte Einkaufsnetz in den Schnee.

Gebückt faßte sie eine der Bohlen. Sie war vereist und nicht leicht. Aber es gelang Oma, sie anzuheben und beiseite zu schieben.

Dasselbe geschah mit der zweiten Bohle.

Damit hatte sie eine Öffnung von ausreichender Größe freigelegt.

Ein schwarzer Schlund tat sich auf. Er führte steil in die Tiefe.

Über den Geruch, der ihm entstieg, verliert man besser kein Wort.

Zitternd vor Aufregung und Kälte ergriff Oma das Einkaufsnetz.

Das geschah keine Sekunde zu früh. Denn hinter der Schülthoffschen Hausecke knirschten Schritte im Schnee.

Hartwig tauchte auf.

Wie angewurzelt blieb er stehen.

„Keinen Schritt weiter!" rief Oma. „Sonst ... Hier! Sehen Sie, was ich mache."

Nur mit beiden Armen konnte sie das Einkaufsnetz ausgestreckt halten.

Es hing über der Öffnung.

In Hartwigs Grobgesicht zog die Käseblässe ein.

Er glotzte. Sein Kinn sackte herab. Er sah, was das Netz enthielt. Er sah's genau. Ein Schmerz – wie nach einem Tritt vor den Magen – breitete sich in ihm aus.

„Was ... soll das, Rehm?"

„Ich habe hier das Geld", sagte Oma tapfer. „Die ganze Beute. Und wissen Sie, was das hier im Boden ist? Vielleicht riechen Sie's. Unsere Straße ist leider noch nicht an die Kanalisation angeschlossen. Deshalb befindet sich auf jedem Grundstück eine Senkgrube. Alle Gruben sind zwar mit schweren Zementplatten abgedeckt, damit niemand hineinstürzt. Aber hier, bei Schülthoff, ist am Montag die Platte zerbrochen. Bis die neue geliefert wird, liegen nur Bohlen über der Öffnung. Verstehen Sie mich? Wenn ich jetzt loslasse, ist Ihre Beute für immer verloren. Es wäre fast so, als würde ich die Scheine ins Feuer werfen."

„Zum Teufel, was soll das?"

„Haben Sie telefoniert?"

„Klar."

„Und was ist?"

„Was soll sein, Rehm?"

„Haben Sie Ihre Komplicen erreicht?"

„Habe ich. Nachher irgendwann werden sie hier antanzen. Dann, Rehm, sind wir weg, wie versprochen. Also kein Grund zur Panik."

„Für Sie bin ich Frau Rehm. Und hören Sie auf, mich zu duzen. Das ist ungehörig. Ich habe es Ihnen nicht erlaubt, einem Menschen wie Ihnen würde ich es sowieso nie erlauben. Halt! Bleiben Sie, wo Sie stehen!"

Hartwig hatte sich – unauffällig, wie er glaubte – einen Schritt in ihre Richtung bewegt. Aber Oma paßte auf.

„Also, Frau Rehm, was soll das Theater?"

„Ich kann nicht verhindern, daß Sie entkommen. Aber ich will wenigstens das Geld retten. Ich bleibe hier stehen, bis Sie und Ihre Kumpane weg sind. Wenn sich jemand mir nähert, lasse ich das Geld in die Senkgrube fallen. Dann ist es zwar verloren. Aber es wäre auch verloren, wenn Sie damit flüchten. Daß sich Verbrechen nicht lohnt, das sollen Sie jetzt begreifen."

Hartwig starrte sie an.

Das Blut war in sein Gesicht zurückgekehrt.

Um die Augen schienen sich Falten zu bilden.

Preßte er die Lippen aufeinander?

Oma stellte fest, daß sie nur noch strichdünn waren. Wie böse das aussah!

„Rehm“, sagte er rauh, „hör genau zu, du alte Glucke. Was ich dir sage, ist mein tödlicher Ernst. Für dieses Geld habe ich mein Leben riskiert. Es sind 1,2 Millionen. Im Moment ist mir das wichtiger als alles andere. Ich komme jetzt zu dir. Und ich werde das Netz nehmen. Wenn du es in die Grube fallen läßt, fliegst du hinterher. Das schwöre ich. Kopfüber fliegst du hinterher. Und nicht nur du. Anschließend hole ich deine Freundin. Auch sie wird in den Fäkalien ertrinken.“

O Gott! Omas Arme, die schon seit einer Weile zitterten, zitterten jetzt noch mehr. Plötzlich begriff sie, daß sie sich überschätzt hatte. Auf den ersten Blick sah ihr Plan so gut aus. Aber sie hatte eins nicht einkalkuliert: die Brutalität dieses Verbrechers. Es war keine leere Drohung. Enttäuschung und Wut würden stärker sein als die natürliche Hemmschwelle. Ja, dieser Mensch war fähig zum Mord. Jetzt wußte sie's. Jetzt sah sie's ihm an. Und damit war sie ihm ausgeliefert. Hinzu kam, daß sie kein Recht hatte, über Eugenies Leben zu entscheiden. Nein! Durch nichts durfte sie ihre Freundin gefährden. Sie mußte nachgeben.

Er kam.

Tränen rannen über Omas Gesicht, als sie vom Rand der Senkgrube zurücktrat.

Ihre Arme sanken herab. Das Netz fiel zu Boden.

Es rollte ein kleines Stück.

Für einen kleinen Moment sah es aus, als würde das Netz über den Rand in die Grube rollen. Dann blieb es liegen.

Hartwig stieß einen japsenden Laut aus.

Mit drei, vier Sprüngen war er heran.

Beinahe hätte er sich über das Geld geworfen.

Er hob das Netz auf.

Ein Hunderter war herausgefallen.

Hartwig schob ihn in die Außentasche seiner Uniformjacke.

„Eins muß man dir lassen, Rehm“, sagte er durch die Zähne: „Du hast Mut.“

„Das scheint nur so. Ich neige mehr zur Ängstlichkeit. Aber unsere Generation hat noch gelernt, tapfer zu sein. Das hat was mit Charakter und Selbstüberwindung zu tun. Ich glaube nicht, daß Sie davon etwas wissen.“

Er verstand nicht, was sie meinte, machte eine herrische Geste und ging dann hinter ihr – zurück zum Haus.

Einmal sah er sich um.

Wurden sie beobachtet?

Keine Menschenseele war in der Nähe.

Oma nahm ihre Brille ab und trocknete die Tränen.

Durch die Hintertür traten beide in die Küche, wo der aufgeklappte Koffer lag.

Hartwig warf das Netz hinein. Die Banknoten, steif von der Kälte draußen, knisterten.

„Dort gehören sie hin“, sagte er durch die Zähne, „und nicht in die Jauche.“

Oma schluckte. „Jetzt ... können Sie's mir ja sagen: Hätten Sie's wirklich getan? Ich meine, kopfüber und ...“

Ausdruckslos sah er sie an. „In meiner Wut, Rehm, bin ich zu allem fähig.“

Oma zog ihren Mantel aus und schob den Topf mit der Kartoffelsuppe wieder auf den Herd.

„Wann werden Ihre Komplicen herkommen?“

„So genau läßt sich das nicht sagen“, meinte er und beschäftigte sich mit dem Geld. „Nachher. Vielleicht bald. Vielleicht erst wenn es dunkel wird. Jedenfalls heute noch. Solange wirst du's schon aushalten.“

Oma antwortete nicht.

Hartwig fiel noch was ein.

Von der Hintertür führten die Fußspuren durch den Schnee zu den Schülthoffs hinüber.

Das konnte verräterisch werden.

Draußen hatte er einen Reiserbesen bemerkt.

Mit dem stapfte er die Strecke nochmal ab. Rückwärtsgehend fegte er lockeren Schnee in die Spuren. Außerdem deckte er die Senkgrube mit den Bohlen zu.

Dann hieß es warten.

Immerhin war die Kartoffelsuppe fertig.

21. Null Fußspuren

Der Gedanke zündete mit erheblicher Verspätung. Aber für gute Gedanken ist es bekanntlich nie zu spät.

„Locke-Schatz“, sagte Tom, „mir nistet da eine hirnrissige Idee zwischen den Ohren. Willst du sie hören?“

„Nein!“ erwiderte Locke.

Sie saß in ihrem Zimmer auf der Couch und beobachtete Helena, ihre weiße Maus.

Das handzahme Nagetier kletterte an ihrem Pulloverärmel aufwärts.

Draußen war es Nachmittag, und dunkle Schneewolken schoben sich drohend über die Stadt.

„Also gut“, meinte Tom, „da lasse ich mich nicht lange bitten. Es betrifft den Namen. Du erinnerst dich? Bernd Stackl, der Taxichauffeur mit dem Streifschuß, erklärte, einer der Autobahn-Banditen, kurz AB genannt, heiße Sascha. Irre, was?“

„Wieso irre? Der Name ist zwar immer noch selten. Aber man trifft ihn hin und wieder. Der Hauptwachtmeister vom Oberkommissar Hochtürh heißt auch Sascha. Sascha Fühmert – falls mich meine kleinen grauen Zellen nicht im Stich lassen.“

„Das ist es ja“, rief Tom, „worauf ich hinaus will. Dort ein Sascha, hier ein Sascha – und der Polyp fehlt unentschuldigt. Stell dir vor, die beiden sind ein- und dieselbe Person!“

„Spinnst du?“

„Vielleicht. Aber vielleicht lohnt es sich auch, dem Gedanken mal nachzuhängen. Immerhin würde das erklären, weshalb die Bande bis heute nicht ins Netz ging. Einen Komplicen zu haben, der hauptberuflich bei den Bullen seine Stunden abreißt – das ist doch der Hammer. Weil er immer über alle ordnungshüterischen Aktionen informiert ist und seine Kumpane warnt.“

„Hm. Ideelich ist das sehr weit hergeholt. Aber ehe ich mich wegen eines Versäumnisses anklagen müßte, können wir meinetwegen losschnüffeln.“

Tom suchte Bernd Stackls Adresse im Telefonbuch heraus und hatte Glück. Der Taxifahrer war zu Hause.

Beschreiben konnte er den AB Sascha auch jetzt nicht.

„Von ihm war wirklich nicht viel zu erkennen", meinte er. „Mittlere Größe, scharfe, aber nicht unangenehme Stimme. Ach ja, er roch stark nach Rasierwasser. Das fällt mir jetzt erst ein. Habe ich gar nicht zu Protokoll gegeben."

Tom bedankte sich.

Auch Sascha Führnert, der unentschuldigt fehlende Hauptwachtmeister, hatte Telefon.

Aber ein Anruf hätte unter Umständen alles verpatzt.

Die beiden schwangen sich auf ihre Knatterstühle und bretterten los.

Damit hüllte sich das Rehmsche Haus in Dunkelheit.

Gunter und Helga befanden sich, wie geplant, in der Tennishalle, um den griechischen Wein abzubüßen.

Mike verbrachte seine Freizeit, wo er sie immer verbringt: bei einer seiner zahlreichen Freundinnen.

Führnert, der Junggeselle, wohnte in einem Mehrfamilienhaus.

Es war klein genug, um hinsichtlich der Hausgemeinschaft nicht den Überblick zu verlieren.

Bei Führnert, der im Parterre links wohnte, klingelten die beiden vergebens.

Aber dann machte Locke eine Entdeckung.

Mit behandschuhtem Zeigefinger wies sie auf das Namensschild der Parterre-Wohnung rechts.

„Tom! Hier wohnt Frau Gertrude Hübner-Böblikowsky. Na, sowas! Das Glück ist uns hold."

„Du sprichst in Rätseln."

„Dann denk mit! Es muß die Gertrude Hübner-Böblikowsky sein, die ich kenne. Dieser Name schließt Verwechslung aus."

„Das nehme ich an. Wer ist das?"

„Eine Zeitungsfrau – auch Zustellerin genannt – vom Tageblatt. Die beste. Seit 30 Jahren trägt sie Gunters Intelligenzblatt aus. Da war an seine Ergüsse noch gar nicht zu denken – damals. Sie ist übrigens hoch dekoriert. Ich meine, sie hat alle Zeitungs-Zusteller-Orden, die ein Verlag vergeben kann. In Bronze, Silber, Gold samt Urkunden. Für Treue, Zuverlässigkeit und Pünktlichkeit."

„Na, prima. Diese Orden lobe ich mir. Kriegsorden sind zum Kotzen. Wer da einen kriegt, hat anderen Menschen nachhaltig geschadet. Logo. Und jetzt?"

„Klar doch, daß wir sie fragen."

Sie klingelte.

Eine rundliche Frau öffnete.

Ihr Bratapfel-Gesicht sah so gesund aus wie bei den meisten Frühaufstehern.

Sie erkannte Locke sofort, rief: „Heh! Hallo! Wie nett!" und schloß sie in die Arme.

Tom wurde vorgestellt.

Gertrude sagte, sie hätte gerade Kaffee gekocht und wolle ein Stück Weihnachtsstollen kosten. Ob die beiden nicht Lust hätten?

Sie hatten.

Im gemütlichen Wohnraum ließ Locke die Katze aus dem Sack.

„Es betrifft Ihren Nachbarn, den Fühmert, Frau Hübner. Wir wissen, daß er Polizist ist. Aber es könnte sein, er ist in eine Sache verwickelt. Und da haben wir die Nase drin."

Gertrude verzog das Gesicht.

„Um mal ganz ehrlich zu sein, Locke: Ich kann ihn nicht leiden. Er hat sowas Freches im Blick. Und seine Freunde kommen meistens nachts. Oder sie gehen nachts. Denen begegne ich zwangsläufig: wegen meiner Tätigkeit im Morgengrauen. Dann gucken die beiden immer weg. Am liebsten würden sie ihre Gesichter unter der Jacke verstecken."

„Die beiden?" fragte Tom.

„Na, die Freunde."

„Können Sie die beschreiben?"

„Den einen kenne ich, Tom. Er heißt Lorenz und hat das Secondhand-Geschäft in der Germanen Gasse."

Das Pärchen ließ den Mund offen – jeder seinen.

Dann tauschten sie einen Blick.

In Worten hieß das: Ich glaube, mein Schwein pfeift. Das ist ja der Überhammer!

„Und der andere Freund?" erkundigte sich Tom.

„Der heißt Hartwig. Ein riesiger Kerl. Er läuft, als hätte er immer zu kleine Schuhe an."

Heiß! dachte Tom. Die Info des Monats!

Irre! dachte Locke. Aber so ist es nun mal: Hinrissige Ideen muß man haben – und dann was draus machen.

„Noch ein Stück Stollen?" fragte Gertrude. „Wißt ihr – heute kann ich mal spät ins Bett gehen. Weil ich morgen keine Zeitungen austrage. Morgen ist Sonntag."

*

Olaf Haschke, der Hausherr des Banden-Hauptquartiers, ließ sich Zeit.

Nachdem Hartwig ihn angerufen hatte, tat er erstmal gar nichts. Obschon: Der Gedanke an die 1,2 Millionen DM raste ihm wie Champagner ins Blut. Dennoch!

Bei Tag, fand er, sei alles viel zu riskant. Nein, bei Tag lief gar nichts.

Das hatte er seinem Komplicen am Telefon erklärt. Ein Wutanfall war die Folge. Sie stritten, daß die Fetzen flogen.

Immerhin sah Hartwig dann ein, daß es klüger sei, sich bis zum Abend zu gedulden.

Im Schutz der Dunkelheit konnten sie Sascha aus dem Haus tragen. Bei der Abmachung blieb es.

Jetzt schleppte sich der Nachmittag hin. Olaf hockte in seinem als Töpferei getarnten Hauptquartier und hielt nun die Zeit für gekommen, den Chef anzurufen.

Lorenz war in seinem Stadthaus und meldete sich sofort.

So ist die Lage.

„... so ist die Lage", sagte Olaf, nachdem er berichtet hatte. „Weil er selbst das Telefon zerstört hat – bei der Alten, konnte er nicht anrufen. Da können wir lange warten und uns wundern. Jedenfalls hat er das Geld. Und im Moment, Chef, sind sie dort am sichersten. Mein Impuls wäre ja gewesen, gleich hinzuheizen und wenigstens das Geld abzuholen. Aber dann habe ich mir gesagt: Sei klug! Warte, bis es dunkel ist."

„Völlig richtig." Lorenzens Stimme klang aufgeregt. „Und du weißt genau, in welchem Haus sie stecken?"

„Da gibt's keinen Zweifel. Er hat's genau beschrieben. Ist leicht zu finden."

„Prächtig. Ich werde dabei sein. Ich komme zu dir. Dann nehmen wir deinen Jeep. Wir müssen damit rechnen, daß wir in Kontrollen kommen. Also nimm Klamotten für beide mit. Die Uniformen müssen weg. Sascha werden wir an Ort und Stelle verarzten. Dann setzen wir ihn unter Alkohol, daß er pennt wie 'ne Ratte."

„Wann kommst du?" fragte Olaf.

*

Locke nahm das zweite Stück Stollen und stellte fest, daß es Marzipan enthielt.

„... wäre dieses frühe Aufstehen erheblich zu früh für mich", sagte Tom gerade. „Ich stelle mir das hart vor. Heute morgen zum Beispiel, als es unentwegt geschneit hat, mußten Sie mit den Zeitungen ..."

„Heute war es ganz ulkig", fiel ihm Gertrude ins Wort. „Mit dem Glockenschlag fünf Uhr schwebte die letzte Schneeflocke herab. Danach war die Luft frostig und klar."

„Fünf Uhr", sagte Tom. „Nee, das ist unmöglich."

Locke wußte sofort, was er meinte.

„Es muß dann am frühen Vormittag nochmal geschneit haben", rief sie. „Aber sicherlich waren Sie da längst zu Hause, Frau Hübner, und lagen wieder im Bett."

Gertrude schüttelte den Kopf.

„Bis mittags war ich unterwegs. Ihr könnt mir glauben: Nach fünf Uhr früh fiel keine Schneeflocke mehr."

„Da brat mir doch einer 'ne Weihnachtsgans", sagteTom zu seiner Freundin. „Ich kann beschwören, daß nur die Fußspuren vom Briefträger Schneckler im Schnee waren: auf dem Weg zwischen Omas Gartenpforte und der Haustür. Null Fußabdrücke von Oma und Freundin Eugenie. Verstehst du das, Nina?"

„Es würde bedeuten, Engelbert, daß Oma und Eugenie vor fünf Uhr früh das Haus verlassen haben. Erheblich vor fünf Uhr, damit noch genügend Schnee fiel, um ihre Spuren zuzudecken. Tom, das ist unmöglich!"

Er nickte. „Mir läuft es eiskalt über den Rücken. Locke, da ist was passiert."

Sie sprang auf. „Bitte, Frau Hübner, darf ich mal telefonieren?"

„Aber ja. Worum geht's denn? Seid ihr mal wieder auf Abenteuer aus?"

Tom erklärte ihr das Nötigste, ohne sich in Einzelheiten zu verlieren.

Locke wählte Omas Rufnummer und horchte auf das Freizeichen.

Niemand hob ab.

22. Aller Anfang ist schwer

Mick Bräh wußte, daß er mit dem gestohlenen Wagen nicht auffallen durfte.

Da es noch zu früh war, um nach Gernhausen zu fahren, hatte er sich – samt Wagen – in ein Parkhaus verdrückt.

Dort, in dunkler Ecke, döste er ein: auf den Liegesitz gestreckt.

Als er dann aufwachte, war viel Zeit vergangen.

Ein Blick auf die Quarzzeituhr!

Halb sechs durch!

Um Himmels willen! So spät schon? Klar, es dunkelte, und die Lichter brannten.

So kann man sich verschätzen – ohne Armbanduhr, dachte er.

Aber die Zeit reichte noch.

Er beeilte sich, fuhr durch die Stadt, schwitzte eine Zeitlang Blut und Wasser, war dann auf der Straße nach Gernhausen und fühlte sich sicherer.

Er wußte genau, wo Heinz Podbilska, den er umbringen sollte, wohnte. Und wie die Gegend beschaffen war.

Nach Anbruch der Dunkelheit war die Dorfstraße tot.

Sicherlich – daß irgendwer am Fenster stand, dieses Risiko gab's immer.

Deshalb nahm er ja nicht den eigenen Wagen, sondern hatte diesen geklaut.

Flau fühlte er sich. Fühlten sich alle Killer so? Es muß sein, dachte er. Der Chef hat recht. Heinz Podbilska verpfeift uns. Der will nicht mehr. Was er sich mit Lorenz geleistet hat, beweist alles. Jetzt gibt's nur noch eins: er oder wir?

Bräh wußte: Es war lediglich eine Frage der Zeit, bis Podbilska die Nerven völlig versagten. Dann würde er zu den Bullen rennen und singen.

Ihm würde am wenigsten passieren.

Bräh fuhr am Dorfgasthaus vorbei.

Es hieß ZUM GRÜNEN BAUM, und alle Fenster waren erleuchtet.

Auf der anderen Seite des Dorfes zeigte sich niemand.

Er parkte in der Nähe der Tankstelle, nachdem er gewendet hatte, schaltete Motor und Scheinwerfer aus.

Während er tief in die Polster rutschte, beobachtete er die Umgebung.

Bei Podbilska war alles dunkel.

Klar! Der besuchte, wie immer, seinen Vater im Altersheim.

Jeden Samstag. Und jeden Samstagabend kam er mit dem Zug zurück. Ankunft 18.24 Uhr – an der Bahnstation Gernhausen: schräg rechts hinter dem GRÜNEN BAUM.

Dann noch zwölf Minuten zu Fuß, und Podbilska würde dort vorn um die Ecke biegen.

Er ging immer in Straßenmitte.

Diesmal würde es tödlich sein.

Fahrerflucht – und aus!

Verärgert stellte Bräh fest, daß seine Handflächen schwitzten.

An der Hose wischte er sie ab.

Sicherlich geht's allen Killern so, dachte er, und aller Anfang ist schwer.

*

Das Pärchen zögerte keine Sekunde.

Überhasteter Abschied von Gertrude – dann fuhren sie los.

Locke holte alles aus ihrem Mofa raus. Höchstgeschwindigkeit war angesagt. Und die eisige Luft pfiff ihr durch alle Nähte der Kleidung.

Tom fuhr vor ihr. Sie benutzte seinen Windschatten. Aber auch der war kalt.

Beiden klopfte das Herz. Die Sorge um Oma und Eugenie war jetzt wirklich begründet.

Was war da passiert?

PARKDECK II

AUSFAHRT

Hatte sich ein Unfall ereignet? Ein Unfall im Haus, der beide betraf?

Endlich erreichten sie Birkenrode.

Tom, der immer noch voran fuhr, bog in die Straße, die zum Dorfrand führt und an Omas Haus endet.

Dunkelheit hüllte alles ein.

Aber während der letzten Stunde hatte ein eisiger Nordostwind die Schneewolken weitergeschoben.

Eine bleiche Mondsichel goß Silberlicht auf das Land und die Dörfer. Sogar Sterne kamen hervor. Einige bewegten sich mit zuckendem Licht über den Himmel. Das waren Flugzeuge. Farblich unterschieden sie sich nur wenig von den Sternen.

Erst wenige Meter waren sie Omas Straße entlang gerollert, als ihnen der Jeep entgegen kam.

Japanisches Fabrikat, dachte Tom. Und ein Kennzeichen der Kreisstadt.

Im Vorbeifahren gewahrte er, daß vier Typen drin saßen. Da ging's sicherlich eng zu.

„Ich schnattere vor Kälte", rief Locke.

„Jetzt sind wir ja da."

„Ich glaube, es ist nicht die Kälte. Ich bin so aufgeregt."

„Bernd Stackl hat letzte Nacht noch schlimmer geklappert", tröstete Tom.

Vor Omas Gartenpforte machten sie halt.

Im Licht seines Scheinwerfers stellte Tom fest: Reifenspuren. War der Jeep bis hierher gefahren? Offenbar. Außerdem hatte er hier gewendet.

Und zahlreiche Stiefelspuren führten von der Pforte zum Haus.

Er machte Locke darauf aufmerksam.

Dann standen sie am Eingang, und Tom hämmerte mit dem Messingklopfer.

„Kein Licht hinter den Fenstern", sagte Locke. „Aber das Päckchen, das hier heute vormittag lag, ist weg."

„Pst!" machte Tom.

„Was ist?“

„Hörst du nicht?“

Er legte das Ohr an die Tür.

„Haaallooohhh“, hörte er Omas Stimme. Es klang sehr entfernt. Wie durch fünf oder sechs geschlossene Türen.

„Wir sind eingeschlossen“, verstand er. „Im Keller! Zu Hiiilfe!“

„Mich laust der Affe! Hörst du das, Locke?“

Ohne zu überlegen, warf er sich gegen die Tür.

Sie zitterte. Seine Schulter schmerzte. Aber das Schloß sprang nicht auf.

„Den Schaden gering halten“, rief Locke und lief um die Ecke nach hinten. „Vielleicht ist die Hintertür offen.“

Ihre Vermutung traf zu.

In der Küche machten sie Licht.

Es roch nach Kartoffelsuppe.

„Oma, wir kommen“, brüllte Tom.

Er lief zur Kellertreppe. Ein Schlüssel steckte im Schloß. Ein zweiter, der schon erheblich verrostet war, lag auf der Klinke.

Oma, die auf der obersten Stufe stand, fiel ihm beinahe in die Arme.

Hinter ihr tauchte Eugenie auf: totenbleich, zitternd in ihrem Hausmantel und wirr das Haar. Aber sie strahlte.

„Kinder!“ rief Oma und drückte beide an sich. „Wieso seid ihr schon wieder da? Habt ihr Verdacht geschöpft? Ich bin ja so froh. Ihr werdet nicht glauben, was wir durchgemacht haben seit gestern abend. Ausgerechnet bei mir haben sich die Autobahn-Banditen versteckt.“

„Was?“ schrie Tom. „Die? Wo sind sie jetzt?“

„Ihre Komplicen haben sie abgeholt. Mit dem Wagen.“

„Mit einem Jeep?“

„Das weiß ich nicht. Als sie kamen, hat man uns in den Keller gesperrt. Einer ist erheblich verletzt. Den mußten sie tragen. Ich glaube, zwei sind gekommen.“

„Wir müssen sofort die Polizei verständigen", rief Locke. „Die Razzia scheint beendet zu sein. Aber es sind noch Streifenwagen in der Gegend."

Sie sprang zum Telefon, sah aber gleich, was los war.

„Das ist kaputt. Was machen wir jetzt?"

„Schülthoffs haben Telefon", sagte Tom. „Die sind da. Ich sah Licht. Aber bevor wir Hochtürh anrufen, müssen wir ein paar Infos einspeichern. Oma, was ist hier gelaufen?"

Sie erzählte. Eugenie nickte dazu und merkte an, daß der große Kerl ungehobelt und grob sei.

„Und unglaublich gierig", ergänzte Oma. „Als wären die 1,2 Millionen nicht genug für ihn – nein, er hat auch noch die 637 Mark genommen, die ihr durch den Briefschlitz gesteckt habt. Man faßt es nicht!"

„Gelitten und gezittert haben wir", nickte Eugenie. „In 72 Lebensjahren hat mich das Schicksal vor so einer Erfahrung bewahrt. Und nun dies: 100 Stunden Todesangst. Schrecklich!"

Oma lächelte. „Genau genommen, Eugenie, waren es nur ungefähr 18 Stunden. Solange dauerte diese Einquartierung. Aber du hast recht. Es ist auch mir vorgekommen wie 100 Stunden."

Während Locke dieses und jenes nachfragte, lief Tom zu den Schülthoffs hinüber.

Sie waren noch nicht lange zu Hause – und empört über den Einbruch.

Jemand hatte ihre Hintertür aufgebrochen, aber anscheinend nichts gestohlen.

Tom erklärte, was dahintersteckte.

Dann rief er im Präsidium an und ließ sich mit Oberkommissar Hochtürh verbinden.

„... ein stahlblauer Jeep", beendete Tom seinen Bericht. „Jedenfalls sah der Wagen im Mondlicht so aus. Vorn ein Kuhfänger. Vier Typen drin, wie gesagt, und das Kennzeichen ist ... Moment, ich glaube, ich kriege es noch zusammen."

„Phantastisch!" jubelte Hochtürh. „Jetzt entkommen sie

uns nicht. Zwar habe ich die Razzia gerade abgepfiffen. Aber es sind noch genügend Streifenwagen rund um Birkenrode. Die werden sofort über Funk verständigt. Heißen Dank, Tom! Ihr beide seid wiedermal umwerfend tüchtig."

23. Das neue Versteck

19.10 Uhr.

Mick Bräh wartete noch immer.

Allmählich erfüllte ihn Panik.

Der verdammte Hund kam nicht.

Verspätung?

Lächerlich! Er hatte den Zug gehört. Und Podbilska selbst verspätete sich nie.

Nein, es gab nur eine Erklärung.

Jetzt – genau jetzt saß der Kerl bei den Bullen. Und die ...

O Mann! Bräh stöhnte. In seiner Bude hatte er zwar verdammt wenig Geld. Aber zig Beutestücke, die er während der letzten Tage bei Überfällen geraubt hatte, lagen herum.

Das war Beweis genug.

Man würde ihn hochnehmen. Dann konnte er sich verabschieden von der Freiheit und süßem Leben.

Ich muß abhauen, dachte er. Nur das bleibt noch. Bis zur Grenze schaff ich's, und dann ... Pfeif doch auf die andern! Vor allem auf Lorenz!

Aber er hatte nichts bei sich. Weder Brieftasche noch das Nötigste.

Reichte die Zeit noch, um zu Hause ein paar Sachen einzupacken?

Als ihm bewußt wurde, daß er schon viel zu lange gewartet hatte, preschte er los wie ein Irrer.

Auf der Quarzzeituhr am Armaturenbrett war es 19.18 Uhr.

Er brauste durch Gernhausen, dann über die Landstraße stadtwärts.

Wieder schwitzten seine Handflächen. Und die Achselhöhlen fühlten sich feucht an.

Seit er mit dem Mordauftrag unterwegs war, stand er unter Druck. Wie zum Zerreißen spannten sich die Nerven. Jetzt merkte er nicht, daß er sich blöd benahm. Und auf dem besten Weg war, Mist zu bauen.

Er erreichte die Stadt.

Es herrschte wenig Verkehr. Jedenfalls hier in den Außenbezirken.

Die Kreuzung Friedrichs-Allee und Weizholzdamm zeigte Rot.

Bräh trat aufs Gas und zischte hinüber.

In derselben Sekunde bemerkte er den Streifenwagen, der links aus der Allee kam.

Schon flackerte das Blaulicht. Die Sirene heulte.

Und Bräh begriff: Das galt ihm.

*

„... City zwölf an Zentrale“, tönte Hauptwachtmeister Müllers Stimme durch den Äther. „Eure Meldung hat uns leider zu spät erreicht. Vor etwa drei Minuten ist der stahlblaue Jeep mit dem Kennzeichen ...“, er nannte es, „hier durchgefahren. Er schien unverdächtig. Ich konnte vier Insassen ausmachen. Der Wagen bewegt sich jetzt auf der B ... in Richtung Dröstdorf. Wir nehmen Verfolgung auf.“

„City zwölf, verstanden!“ antwortete die Einsatzzentrale. „City 31 befindet sich in Dröstdorf und wird den Jeep abfangen. Verstärkung ist unterwegs. Bitte kommen ...“

*

Oma, Eugenie und das muntere Pärchen saßen im Wohnzimmer am Tisch.

Oma erzählte zum zweiten Mal.

„Und für deinen beispiellosen Mut, Elisabeth“, sagte Eugenie, „gebührt dir eine Auszeichnung. Hättest du das viele Geld wirklich in die Senkgrube geworfen?“

Lächelnd hob Oma die Achseln. „Ich weiß nicht, was ich getan hätte. Ich wollte einfach nicht stillhalten. Mir schien es eine Möglichkeit zu sein, das Geld zu retten. Aber dann habe ich begriffen: Der Schlechtigkeit dieser Verbrecher ist unsereins nicht gewachsen."

„Entschuldigt!" sagte Tom und stand auf. „Ich tapere nochmal zu den Schülthoffs rüber. Ohne Telefon fühle ich mich von der Welt abgeschnitten. Ich muß einfach wissen, was da draußen läuft. Und das geht nur über den heißen Draht. Durch die Gegend zu gurken, bringt nichts."

Er lief hinüber.

Die Schülthoffs, die ihn seit langem kennen, hatten volles Verständnis. Und hofften außerdem, auf diese Weise selbst was zu erfahren.

Tom rief im Präsidium an.

Mit Hochtürh wurde er zwar nicht verbunden. Der hatte mehr als alle Hände voll zu tun.

Aber der Beamte, den er von heute vormittag kannte, teilte mit: „Es scheint wiedermal, als hätte sich das Gesochs in Luft aufgelöst. City 31 hat rechtzeitig den Ortsanfang von Dröstdorf gesperrt. Doch der Jeep ist nicht aufgetaucht. Statt dessen kam City zwölf angerauscht, der sich ja an die Verfolgung gemacht hatte."

„Das heißt", sagte Tom, „auf der Strecke zwischen Birkenrode und Dröstdorf hat sich der Jeep in die Büsche geschlagen."

„Genau. Die scheinen jeden Fußbreit Boden zu kennen. Vermutlich haben sie wiederum unseren Funkverkehr abgehört. Damit waren sie gewarnt. Leider zweigen zig Wege und Rumpelpfade von der Hauptstrecke ab. Die führen sonstwohin. Oberkommissar Hochtürh meint allerdings, daß uns die Typen auf ganz andere Weise austricksen wollen."

„Nämlich?"

„Links der Straße – in Richtung Dröstdorf – verläuft Wald. Vielleicht haben sich die Ganoven unter den Bäumen versteckt und nur gewartet, bis City zwölf an ihnen vorbeipreschte. Dann könnten sie zurückgefahren sein – nach Birkenrode. Und jetzt sind sie dort, wo niemand sie sucht."

„Hm." Tom konnte sich dafür nicht begeistern. „Aber der Jeep fällt auf. Besonders hier im Dorf."

„Nicht, wenn sie ihn in eine leere Garage stellen."

„Ich halte die Augen offen", versprach er.

*

Olaf Haschke saß am Lenkrad.

Er kannte seinen Jeep genau und wußte, was er ihm zumuten durfte. Nahezu mit jedem Gelände wurde der Vierrad-Antrieb fertig.

Neben ihm saß Lorenz, der Chef. Er kaute auf einer Zigarre. Aber sie brannte nicht.

Zwischen den Knien klemmte er den Geldkoffer fest.

Hartwig hatte seine Uniform abgelegt und unter den Sitz gestopft. Er trug unauffällige Kleidung und einen langen grauen Mantel.

Mit einer Hand hielt er Sascha fest, der auf seinem Sitz hin und her schwankte.

Seine Wunde war frisch verbunden. Auch er steckte in Zivilkleidung. Damit er die Schmerzen ertrug, hatten sie ihm eine halbe Flasche Schnaps eingeflößt.

Er war völlig betrunken.

„Und jetzt?" Olafs Stimme bebte vor Wut. „Jetzt haben wir die gleiche Katastrophe. Nur mit dem einen Unterschied: Vorhin saßen nur Hartwig und Sascha in der Tinte. Jetzt geht es uns allen an den Kragen. Wir sind eingekesselt. Nach Dröstdorf können wir nicht. Wenn wir nach Birkenrode zurückgeigen, fahren wir der Verstärkung in die Arme. Können von Glück sagen, daß uns City zwölf nicht gesehen hat."

Vor wenigen Minuten war der Streifenwagen an ihnen vorbeigeprescht. Unter Bäumen am Waldrand hatten sie sich versteckt, mit ausgeschalteten Scheinwerfern.

„Nur gut", murmelte Hartwig, „daß wir den Polizeifunk abhören. Ohne das ginge nichts. Aber was ist jetzt?"

Die Frage galt offensichtlich Lorenz.

Immerhin war er der Boss. Und er ließ keine Gelegenheit aus, sich aufzuspielen.

Jetzt mußte er die richtige Entscheidung treffen. Er tat's.

„Fahr 300 Meter weiter, Olaf. Dann rechts den Feldweg entlang. Der ist so holprig und zerpflügt, daß unsere Reifenspuren nicht auffallen. Jedenfalls nicht jetzt in der Nacht. Und in den frühen Morgenstunden soll Schneefall einsetzen. Das deckt alles zu."

„Wohin geht's dort?" fragte Hartwig.

„Zum sogenannten Lehmann-Hof. Ist ein völlig heruntergewirtschafteter Bauernhof. Der Alte, der dort haust, ist nicht mehr ganz dicht. Halb blind, glaube ich, und mehr tot als lebendig. Hier in der Umgebung nennt man ihn den Einsiedler. Das Gehöft liegt in einer Mulde. Man kann nicht einsehen, jedenfalls nur aus der Nähe. Daß wir dort sind, vermuten die Bullen nie."

„Sondern?" fragte Olaf gereizt.

„Die werden denken, wir haben Dröstdorf erreicht, bevor City 31 an Ort und Stelle war. Oder wir sind nach Birkenrode zurück. Sonstwo werden die suchen. Aber garantiert nicht beim Einsiedler."

24. Sein Hund Alf

Draußen, dachte Locke, in der kalten Winternacht, die jetzt beginnt, spielen sich schlimme Dinge ab. Aber hier, bei der Oma, ist es heimelig. Himmel! Wie das trügt. Noch vorhin haben die beiden Verbrecher in Omas vier Wänden Terror gemacht. Grausig – wenn einem das widerfährt.

Sie saßen zu viert am Tisch.

Tom hatte festgestellt, daß er ziemlich hungrig war. Selbstverständlich wurde er von Oma versorgt.

Den andern war die Aufregung auf den Magen geschlagen. Eugenie trank Lindenblütentee, Locke nippte an einem Glas Milch.

„Ein Jeep“, sagte Tom, „verschwindet nicht in einem Mauseloch. Aber irgendwo ist er geblieben. Und zwar auf der Strecke zwischen hier und Dröstdorf. Daß die Banditen umgekehrt sind, halte ich für unwahrscheinlich. Das wäre viel zu riskant. Oma, du hast doch eine tolle Wanderkarte der Gegend. Können wir mal nachsehen, was sich da anbietet?“

Die Karte wurde auf dem Tisch ausgebreitet.

Sie enthielt jeden Weg, jeden Steg, jede Sehenswürdigkeit, jedes Ausflugsziel. Alles war verzeichnet.

Locke tippte auf eine Talmulde, einige Kilometer abseits der Straße.

„Hier wohnt der Einsiedler, nicht wahr? Hübsch einsam ist es dort. Kann ein Jeep dorthin fahren?“

„Locke-Schatz!“ meinte Tom. „Die Idee ist glänzend. Wenn ich Autobahn-Bandit wäre und in einer Situation steckte wie die jetzt – der Lehmann-Hof wäre meine Zuflucht.“

„Es gibt aber noch andere Möglichkeiten“, sagte Oma und rückte an ihrer Brille. „Hier, der Steinbruch. Hier, der ehemalige Bergwerkstunnel. Dann hier, das Gelände vom Golfclub. Und ...“ Sie sprach nicht weiter, sondern schüttelte den Kopf. „Nein! Als Versteck ist nichts so gut geeignet wie Georg Lehmanns Einsiedler-Hof.“

„Das sollte man der Polizei sagen“, schaltete sich Eugenie ein. „Oder weiß die das schon?“

Tom schob sich das letzte Stück vom Schinkenbrot rein.

„Mein neuer Roller ist ganz versessen darauf, sich im Gelände zu bewähren. Ich heize mal los. Falls wir uns irren, richte ich dem Einsiedler Grüße aus und bin bald wieder zurück.“

„Ich komme mit“, sagte Locke.

„Diesmal nicht“, wehrte Tom energisch ab. „Wirklich nicht, Nina. Es ist kalt draußen. Und dunkel. Außerdem schafft dein Mofa die Querfeldein-Strecke nicht. Drei der vier Typen sind gefährlich. Ich allein kann die Flucht ergreifen, falls das die Klugheit gebietet. Deine Begleitung, Schatzi, wäre mir hinderlich.“

„Wenn du bis Mitternacht nicht zurück bist“, sagte Locke mit lieblichem Lächeln, „betrachte ich mich als jüngste Witwe der Republik und werde die Polizei auf deine Spur setzen.“

„Vielleicht bleiche ich dann schon auf kahlem Felde im Mondlicht“, grinste Tom.

*

Im Wohnraum war es angenehm warm.

Alf, der alte Mischlingshund, streckte sich auf den Dielen aus.

Er hörte, wie sein Herrchen in der Küche hantierte.

Verlockender Duft zog herein.

Dann kam Georg Lehmann, von allen Einsiedler genannt, und brachte seinem Lebenskameraden das Fressen. Alf wedelte.

Lächelnd setzte sich Georg in den Schaukelstuhl und sah seinem Hund zu.

Georg war auf dem kleinen Bauernhof geboren und hatte hier sein Leben verbracht.

Viel weiter als nach Birkenrode oder Dröstdorf zog es ihn nicht. In der großen Stadt war er nur selten gewesen.

Jetzt zählte er 78 Jahre – und hätte zufrieden sein können mit allem. Wäre nur dieses schreckliche Unglück mit Julia, seiner Tochter, nicht gewesen.

Naja, auch das hätte schlimmer sein können.

Und da sie einen liebevollen Freund hatte, würde sie sicherlich nie so einsam sein wie er. Trotz ihrer Verkrüppelung.

Georg beobachtete Alf, den treuen Freund seiner alten Tage.

Leben wollte er nur noch so lange wie Alf. Und der lahmte schon sehr, obwohl ihn Dr. Helga Conradi hervorragend behandelt hatte.

„Na, Alf? Zufrieden?"

Er tätschelte ihm den Kopf.

In der Küche köchelte ein großer Topf vor sich hin.

Georg verstand was von deftiger Hausmannskost. Der Einfachheit halber kochte er immer auf Vorrat.

Nachdem er sich ums Essen gekümmert hatte, ging er durch eine Seitentür in den Geräteraum.

Georg hielt kein Vieh mehr, und die Weiden überließ er der Natur.

In der warmen Jahreszeit pflanzte er in seinem Nutzgarten an, was er rund ums Jahr brauchte. Daß er seine Gartengeräte pflegte, war selbstverständlich.

Es war Samstagabend. Na und? Für die Städter mochte das was Besonderes sein. Für ihn, den ehemaligen Bauern, nicht. Außerdem war der Fernsehapparat schon seit Wochen kaputt.

Mit dem Dengelhammer klopfte Georg den Rost von der Ziehhacke.

Als er die Baumsäge einfetten wollte, fiel ihm das Paket in die Hände.

Das ‚Paket', wie er's nannte, war eine nicht unbeträchtliche Menge Sprengstoff.

Früher hatte er damit Felsbrocken von den Hängen gesprengt und Baumstümpfe aus dem Boden.

Lange war das her.

Neuerdings gab's da pinselige Vorschriften. Immerhin – damals war der Sprengstoff übriggeblieben. Samt Zünder.

Alf grummelte.

Im selben Moment hörte Georg den Wagen.

Ein Motor brummte über den Feldweg heran.

Jetzt kam das Fahrzeug herab.

Wenig später hielt es vor dem Haus.

Georg trat ins Freie. Alf rannte an ihm vorbei.

Das Licht aus den Fenstern erreichte den Jeep.

Vier Männer saßen drin.

Kenne ich nicht, dachte Georg. Hm ... Was wollen die? Jäger sind's nicht.

Alf bellte und begann, den Wagen zu umkreisen.

Der Fahrer stellte den Motor ab, aber die plötzliche Stille war nicht wie vorher.

„Heh, Einsiedler!" rief der Fahrer. „Bist du allein?"

„Wie immer."

Georg versuchte, Alf zurückzupfeifen. Aber der gehorchte mal wieder nicht.

Die Fremden waren Eindringlinge. Die würde er, Alf, hier verscheuchen.

Der Fahrer stieg aus.

Alfs Rückenfell bürstelte.

Grollend tappte er auf den Mann zu.

„Alf, zurück!" rief Georg. Und dann: „Nein! Nicht!"

Aber der Mann hatte eine Pistole unter der Jacke hervorgezogen. Er richtete die Mündung auf Alf und schoß ihn in die Stirn.

Der Schuß klang nicht laut. Das verhinderte der klobige Schalldämpfer, der auf dem Lauf steckte.

Georg kniete neben seinem Hund.

Die Läufe zuckten noch, aber Alf war bereits tot.

Das Licht aus der offenen Tür fiel auf seinen zottigen Kopf. Vorwurfsvoll schienen die braunen Hundeaugen Georg anzusehen. Und der Blick fragte: Warum läßt du das zu?

„In deinem Alter, Opa“, sagte Olaf Haschke, „begreift man nicht mehr so schnell. Aber jetzt weißt du, woher der Wind weht. Du machst genau, was wir sagen. Oder du wirst zusammen mit deinem Köter verscharrt.“

Schmerz versteinerte Georg.

Sein Herz schien stehen zu bleiben.

Verbrecher! Verbrecher waren zu ihm gekommen. Was wollten sie?

Er versuchte, Alf aufzuheben.

Es gelang ihm erst beim zweiten Mal.

Drei der Männer waren ausgestiegen.

Der vierte schien verletzt oder krank zu sein. Außerdem roch er nach Schnaps.

Georg wußte nicht, wohin er Alf tragen sollte.

Er stand da mit dem toten Hund auf den Armen.

Einer der vier wirkte elegant. Er war hochgewachsen und hatte ein glattes, obschon kantiges Gesicht.

Er stieß Georg an.

„Es könnte sein, daß hier morgen ein Hubschrauber rumschwebt. Der darf unseren Wagen nicht sehen. Also mach den Schuppen da auf! Der Wagen kommt rein."

Georg gehorchte. Die Trauer um Alf lähmte ihn.

Es war sinnlos, Widerstand zu leisten. Denen würde es nichts ausmachen, auch ihn zu töten. Waren das Terroristen? Oder Bankräuber auf der Flucht?

Er trug Alf beiseite, öffnete das Tor des Schuppens und mußte etliches beiseite räumen, damit der Wagen Platz fand.

Der Schütze, der ein plattnasiger Typ war, und der Hüne in dem grauen Mantel – sie beide trugen den Kranken ins Haus.

Der Elegante beobachtete Georg und hielt einen Koffer in der Hand, den er keine Sekunde losließ.

Die beiden andern kamen zurück.

„Ist ganz gemütlich da drin", sagte Olaf. „Und in der Küche riecht es, daß man Appetit kriegen könnte. Ich glaube, der Alte kann kochen. Sascha haben wir ins Bett des Alten gelegt. Er schnarcht bereits. Es geht eben nichts über Schnaps."

Georg stellte keine Fragen.

Er ließ sich ins Haus treiben.

Der Elegante schloß die Tür.

Dann setzten sich alle an den Tisch, und Georg mußte ihnen ein Bier bringen.

„War ein guter Einfall, Chef", sagte der Hüne. „Das hier ist ein echtes Versteck. In Birkenrode bei der Rehm – das war nur eine Notlösung."

Olaf sah Georg an. „Ist dein Essen fertig?"

„Noch nicht."

„Dann beeil dich. Wir haben Hunger."

Während Georg in der Küche die Suppe umrührte, hörte er, wie einer der drei aufstand.

Er blickte durch den Türspalt.

Der Plattnasige, den der Elegante eben mit ‚Olaf' angeredet hatte, trat zum Kaminsims, wo Julias Bild stand.

Es war ein neueres Foto seiner Tochter. Sie war 32 Jahre alt und arbeitete als Bankangestellte. Daß sie nur noch ein Bein hatte, merkte man kaum. Sie hatte inzwischen gelernt, ohne Krückstock zu gehen.

Olaf nahm den Fotorahmen vom Sims.

„Mensch, jetzt schnall ich ab." Er dämpfte die Stimme. „Erkennt ihr die?"

Er zeigte das Foto rum.

Der Hüne schüttelte den Kopf, runzelte dann die Brauen und sah genauer hin. „Ist das die aus der Bank?" fragte der Elegante.

Olaf nickte. „Ich wette. Ist jetzt fast zwei Jahre her. War unser erster Coup, Jungs. Als wir sie überfahren haben, dachte ich, sie wäre hin. Aber in der Zeitung stand dann, sie hätte nur ein Bein verloren. Blöde Ziege! Es gehört schon viel Schwachsinn dazu, sich einem Fluchtwagen in den Weg zu stellen." Er lachte auf. „Noch dazu, wenn wir drin sitzen."

„Du bist damals gefahren", sagte der Hüne und meinte Olaf.

„Na und?"

„Frag nachher mal den Alten", sagte der Elegante, „wer die Frau ist."

„Vermutlich seine Tochter", meinte Olaf. „Eine gewisse Ähnlichkeit ist da. Was soll's?"

Er stellte das Bild zurück.

Georg stützte sich auf die Tischkante.

Für lange Augenblicke rührte er sich nicht.

Die scharfgewürzte Suppe kochte auf.

Blasen bildeten sich und zerplatzten.

Georg nahm den Topf vom Herd.

Er trat in den Wohnraum, wo die drei jetzt schweigend am Tisch saßen.

Niemand fragte ihn wegen Julia.

Er stellte einen Teller vor jeden, legte Besteck dazu und sagte, es dauere nicht mehr lange.

Er ging in die Küche, von dort in den Geräteraum.

Mit dem Sprengstoffpaket kam er zurück. Und dem Zünder.

Drei Minuten brauchte er, um alles zusammenzuschließen.

In einen großen Eisentopf goß er fingerhoch Suppe. Das war nötig wegen des Duftes.

Er legte den Sprengstoff hinein und obendrauf den Deckel.

Der Zünder lief.
Noch 24 Sekunden.
Er wartete, dachte an Julia und auch an Alf.
Den konnte er nun nicht mehr begraben.
Noch 13 Sekunden.
Er ging hinein.

Die Gesichter wandten sich ihm zu.

„Wird auch Zeit!“ sagte der Elegante. „Tu auf! Mir nicht zuviel.“

Georg stellte den Topf auf den Tisch. Noch zwei Sekunden.

Er nahm den Deckel ab.

25. Sommerzeit

Kommissar Kaisl führte Dr. Frey, einen seriösen Endfünfziger, auf den Hof: hinter das Polizeipräsidium.

Hierher hatte man den gestohlenen Wagen gebracht.

„Ein großer Fang, Herr Doktor. Ein gewisser Mick Bräh hatte Ihren Wagen gestohlen. Ist ein professioneller Ganove. Als er bei Rot über die Kreuzung raste, hat ihn ein Streifenwagen verfolgt. Bräh prallte gegen eine Mauer, und der rechte Kotflügel bog sich so nach innen, daß er den Reifen blockierte. Bräh wurde festgenommen – trotz heftiger Gegenwehr. In seiner Wohnung fanden wir Beute – Sie werden es nicht glauben – aus etlichen Raubüberfällen, die in letzter Zeit von den sogenannten Autobahnbanditen verübt wurden. Damit steht fest, daß Bräh zu ihnen gehört. Das hat er inzwischen auch gestanden. Und was das Schönste ist: Er hat – offenbar unter Schock – auch die Komplicen verpfiffen. Fünf weitere Namen kennen wir jetzt. Ein gewisser Podbilska wurde bereits festgenommen. Die vier andern sind flüchtig. Aber nicht mehr lange."

Frey nickte.

Ihn interessierte sein Wagen. Was gingen ihn die Probleme der Kripo an.

„Er ist wieder fahrbereit", sagte Kaisl. „Sie können ihn mitnehmen."

Kopfschüttelnd betrachtete Frey den Schaden.

„Da wäre noch etwas, wofür wir bis jetzt keine Erklärung haben", sagte Kaisl. „Als die Kollegen Bräh aus dem Wagen zogen, fiel ihnen auf, daß Ihre Quarzzeituhr nicht stimmt. Da muß wohl..."

„Sie geht eine Stunde vor", unterbrach ihn Frey lächelnd. „Sie zeigt immer noch die Sommerzeit an. Ich habe sie nicht umgestellt. In kleinen Dingen bin ich nachlässig. Ich weiß, daß es eine Stunde früher ist. Weshalb sollte ich die Uhr jedesmal umstellen?"

„Lockere Einstellung", lobte Kaisl. „Aber Bräh ist fast

durchgedreht, als er das merkte. Wie gesagt: Den Kollegen fiel es auf. Einer sprach's aus. Bräh hörte das und gebärdete sich wie ein Irrer. Offenbar hat er mit Ihrem Wagen irgendwas vorgehabt, wobei genaue Zeit eine Rolle spielt. Eine Armbanduhr hatte er nicht bei sich. Vermutlich verließ er sich ganz auf die Quarzzeituhr."

„Hm!" machte Frey und beugte sich in seinen Wagen. „Wo sind denn die Schlüssel?"

„Die liegen im Handschuhfach."

*

Als Tom den Lichtschein bemerkte, versteckte er seinen Roller hinter Büschen.

Er schlich in die Mulde hinab, wo das verfallene Gehöft lag.

An der Hausecke stolperte er über Alf.

Erschrocken stellte er fest, daß der große Hund tot war. Sein Körper war noch warm.

Dann sah Tom die Schußwunde in der Stirn.

Sie sind hier, dachte er.

Hinter den Fenstern vernahm er Stimmengemurmel.

Geduckt wollte er weiterschleichen.

In diesem Moment explodierte die Bombe.

Das Dynamit war alt.

Nicht alle Stangen zündeten.

Aber das Krachen war gewaltig. Die Fenster barsten. Tom hörte entsetzte Schreie.

Für einen Moment war er wie erstarrt.

Dann rannte er los.

An der Haustür taumelte ihm ein Mann entgegen. Sein Gesicht war blutüberströmt. Aber er hielt eine Pistole in der Hand. Sofort richtete er die Mündung auf Tom.

Mit einem Karate-Tritt schaltete Tom ihn aus.

Es traf den Richtigen, wie sich später herausstellte, nämlich Olaf Haschke.

Die Explosion hatte ihn ausgespart. Nur einige Splitter ritzten die Kopfhaut.

Was der Sprengstoff versäumte, holte Toms Tritt freilich nach. Vier gebrochene Rippen und eine Leberquetschung waren die Folge.

Tom stürmte weiter.

Im Wohnraum lagen drei Männer am Boden.

Alle lebten, waren aber bewußtlos und zum Teil erheblich verletzt.

Als hätte das Schicksal die Explosion gelenkt – dem Einsiedler Georg Lehmann war nur wenig passiert, der Grad seiner Verletzung gering.

Hartwig Nitten verlor eine Hand. Um sein linkes Auge kämpften die Ärzte. Es konnte gerettet werden.

Lorenz erlitt schwere Verletzungen am ganzen Körper.

Tom fand einen Verbandskasten und leistete Erste Hilfe. Er rief das Polizeipräsidium an und verständigte auch den Notarzt.

Als Olaf Haschke wieder zu sich kam, fesselte er ihn.

Im Schlafzimmer fand er den verletzten Sascha. Er war nicht ansprechbar.

Aus den Papieren, die in seiner Jacke steckten, ging hervor, daß es sich tatsächlich um Sascha Fühmert handelte – den unentschuldigt fehlenden Hauptwachtmeister.

Abermals griff Tom dann zum Telefon.

Er rief bei den Schülthoffs an und bat darum, Locke an den Apparat zu holen.

„... was hier explodiert ist, Schatzi, und warum, weiß ich noch nicht“, berichtete er. „Aber das werden wir nachher vom Einsiedler hören. Jedenfalls sind die vier Typen dingfest. Damit ist für sie der lustige Teil beendet. Was jetzt auf sie zukommt, wird bitterernst. Die sitzen noch im Knast, wenn sie alt und grau sind.“

„Geschieht ihnen recht. Im übrigen, Engelbert, freut mich besonders, daß wir den richtigen Riecher hatten. Und wärst du nicht zum Einsiedler gefahren – wer hätte dann Erste Hilfe geleistet? Ist auch das Geld da?“

„Weiß nicht. Vielleicht ist es in dem Koffer, der dort liegt. Wenn ja, bringe ich dir einen Hunderter als Andenken mit.“

„Untersteh dich“, lachte sie. „Das wäre Fundunterschlagung.“

ENDE

Liebe Locke- und Tom-Freunde!

Ganz schön aufregend, was die beiden erleben, nicht wahr? Wenn es darum geht, anderen zu helfen, greifen Locke und Tom ein – koste es, was es wolle. Denn Locke ist schon ein tolles Mädchen, und Tom ein prima Kumpel, mit dem man Pferde stehlen kann. Es vergeht kaum ein Tag, an dem bei Tom nicht das Telefon klingelt: „Hallo Tom, hier Locke ...!“ Und was bei diesen Telefonaten ausgeheckt wird, erfahrt Ihr in den spannenden „Locke-und-Tom-Büchern“, von denen es noch mehr gibt. Stefan Wolf hat sie geschrieben, den Ihr sicher schon als Autor der TKKG-Bücher kennt, auch einer erregenden PELIKAN-Serie. Gewiß interessieren Euch die anderen „Locke-und-Tom-Bücher“ ebenso – mit den vielen lustigen Zeichnungen Eurer Lieblinge! Hier sind sie:

Hundejäger töten leise (Band 1)
In der Stadt verschwinden Hunde und Katzen. Ganz offensichtlich sind gemeine Tierjäger unterwegs. Das vermutet die Polizei, und auch der Tierschutzverein hat einen Verdacht. Aber noch niemand weiß, was hinter diesen rätselhaften Diebstählen steckt. Werden die armen Tiere zu grausamen Versuchen benutzt, an deren Ende ihr „leiser“ Tod steht? Locke und Tom, beide leidenschaftliche Tierfreunde, finden die richtige Spur. Sie führt nicht nur zu einem Tierhändler, dessen Geschäfte schon immer anrüchig waren. In den skrupellosen Handel sind noch ganz andere Leute verwickelt, hinter denen niemand solche Gemeinheiten vermutet.

Terror durch den heißen Draht (Band 2)
Eine unbekannte Mafia terrorisiert die Stadt. Angesehene Bürger, die jeder kennt, aber auch irgendwelche Nachbarn von nebenan werden nachts angerufen, bedroht oder zu erfundenen Terminen bestellt, wo Gangster sie hinterrücks überfallen. Was wollen die Verbrecher mit ihren „Todesfallen“ erreichen? Die Polizei blickt nicht durch. Locke und Tom wollen helfen, denn auch viele ihrer Freunde sind bedroht.

Giftalarm am Rosenweg (Band 3)
Beim Spielen am Rosenweg entdecken Kinder buntbemalte Fässer. Weil die Schrift schon unleserlich geworden ist, ahnen sie nicht, daß sie Gift vor sich haben. Die Folge: schleichende Verletzungen und rätselhafte Erkrankungen. Aber die Kinder schweigen, weil sie Angst vor Strafe haben. Ein Rätselraten beginnt – bis die Polizei endlich die Fässer findet und Giftalarm gibt. Noch aber weiß man nicht, wer der verantwortungslose Täter war. Locke und Tom finden eine überraschende Lösung ...

Die Fußball-Oma darf nicht sterben (Band 4)

Alle lieben Oma Meyer, weil sie immer fröhlich ist und den Jungs von der Fußballmannschaft hilft. Sie füllt die Vereinskasse auf, feuert begeistert die Spieler an, wäscht die verschwitzten Trikots. Deshalb heißt sie auch Fußball-Oma. Aber in letzter Zeit machen sich nicht nur Locke und Tom Sorgen um Oma Meyer. Irgend etwas bedrückt sie, doch sie will nicht so recht heraus mit der Sprache. Als es schließlich zu regelrechten Mordanschlägen auf die liebe alte Dame kommt und eine seltsame „alte Bekannte" erscheint, da nehmen Locke und Tom die Sache in die Hand.

Flammen um Mitternacht (Band 5)

Ein nächtlicher Brand in Lockes und Toms Heimatstadt erregt mehr Aufsehen, als das ganze Feuer überhaupt wert ist. Zwar brennt ein Wohnhaus nieder, und das ist schon schlimm genug, aber was Feuerwehr und Polizei dabei feststellen, ist noch viel erschreckender: Aus den Flammen werden 50 Menschen gerettet, wo doch im ganzen Haus höchstens zehn Leute Platz gehabt hätten. Dazu tauchen plötzlich Ausländer auf, die unter jener Adresse gar nicht registriert waren. Menschenhandel? Illegale Arbeitskräfte? Locke und Tom sind davon überzeugt, daß etwas oberfaul ist.

Überfall nach Ladenschluß (Band 6)

Die Mafia geht um. In der Stadt werden italienische Gastwirte von sizilianischen Landsleuten erpreßt. Sie fordern Schutzgeld, wie sie das nennen. Der Boß heißt Cordone, aber er hat einen Rivalen, von dem er nichts weiß: Vittorio mit der roten Maske. Er überfällt und plündert auf eigene Rechnung. Und dann terrorisiert noch ein Maskierter seine Mitbürger. Er treibt im Schatten der Mafia sein Unwesen: Wilhelm Hartmann. Als er eine Frau beraubt, verliert er seine Maske und wird von Locke erkannt. Seitdem lebt sie gefährlich ...

Der Mann mit den tausend Gesichtern (Band 7)

Lockes Vater, der Redakteur Gunter Rehm, ist in Gefahr. Der Sittlichkeitsverbrecher Oswald Pollner, den Gunter vor zwölf Jahren überwältigt und der Polizei ausgeliefert hatte, soll bald aus dem Gefängnis entlassen werden. Jetzt will er Rache nehmen an Gunter und seiner Familie. Pollner war Maskenbildner beim Theater, und deshalb trat er bei seinen Verbrechen in immer neuen Verkleidungen auf. Pollner ist auch nach einem dutzend Jahren hinter Gittern der abgebrühte Gangster-Profi mit den tausend Gesichtern geblieben. Wie werden Gunter, seine Tochter Locke und ihr Freund Tom sich gegen den Verbrecher wehren?

Aufruhr in der Unterwelt (Band 8)
Als eine Bande jugendlicher Fahrraddiebe sich darauf verlegt, in Wohnungen einzubrechen, erbeuten sie in einem luxuriösen Appartementhaus einen Koffer mit Geld. Daß es Falschgeld ist, können sie nicht ahnen. Der Wohnungsinhaber, ein berüchtigter Geldhehler, will es „reinwaschen", das heißt, umtauschen in echtes Geld. Das soll der etwas tölpelhafte Fahrer eines Geldtransports besorgen. Aber der Falschgeld-Diebstahl durch die Einbrecherbande und ein Überfall zweier Knastbrüder auf den Transportfahrer und seine Frau vereiteln die „Geldwäsche". Nun gerät die ganze Unterwelt der Stadt in Aufruhr. Doch das schreckt Locke und Tom nicht im geringsten.

Die Nacht am schwarzen Grab (Band 9)
Der reiche Fabrikant Köhler und seine Frau kommen bei einem Flugzeugabsturz ums Leben. Sein riesiges Vermögen vermacht er seinem verschollenen Sohn Markus. Der war vor 13 Jahren als Baby entführt worden, die Tat nie geklärt. Was niemand weiß: Markus lebt tatsächlich noch, heißt jetzt aber Toni Woretzki, und er hält Paula Woretzki für seine Mutter. Von seiner wahren Herkunft hat er keine Ahnung. Paula war die Braut des Kidnappers Alfons Schäwig gewesen, und sie hatte das entführte Baby behalten, weil sie ihr leibliches Kind verlor. Liebevoll zog sie den Jungen groß. Als nun in allen Zeitungen vom Erbe des Fabrikanten Köhler berichtet wird, erscheint plötzlich der Ganove Schäwig wieder, um zu kassieren. Ein gemeines Spiel beginnt, das beinahe ein böses Ende nimmt – wenn Locke und Tom sich nicht der Sache annehmen würden.

Der Feind aus dem Dunkeln (Band 10)
Erwin Kotter, der im Gefängnis eine Strafe absitzt, bekommt Hafturlaub. Als „Freigänger", wie man dies nennt, nutzt Kotter die Chance, sich an Richter Schwörle und seiner Familie zu rächen, der ihn verurteilt hat. Die 15jährige Sabine Schwörle, Tochter des Richters, ist mit Locke befreundet. Klar, daß sie und Tom sich sofort einschalten. Mysteriös wird der Fall, als Kotter wieder in seiner Gefängniszelle sitzt und die Anschläge trotzdem weitergehen. Er hat das sicherste Alibi der Welt, und man kann ihm nichts anhaben. Wer sind die Täter?

Die Bande des Schreckens (Band 11)
Eine gefährliche Bande Jugendlicher versetzt die Stadt in Angst und Schrekken. Sie hausen wie die Vandalen, wüten in Parkanlagen, demolieren Telefonzellen, legen Brände in der U-Bahn und verbeulen parkende Autos. Wer sich

ihnen in den Weg stellt, wird zusammengeschlagen. Die Polizei erscheint machtlos. Als auch der Ganove Reichard zu der Bande stößt, wird es Locke und Tom zuviel. Denn mit Reichard haben sie persönlich abzurechnen, und deshalb beschatten sie ihn. Dabei werden sie Zeuge, wie er vor einen U-Bahnzug gestoßen wird: Mordversuch! Was die beiden nun ermitteln, stürzt sie in einen Gewissenskonflikt.

Straßenräuber unter Palmen (Band 12)

Der internationale Betrüger und Erpresser Lappmann ist auf der Flucht. Er fürchtet die Rache der Ölscheichs, die in Spanien ihre Ferienhäuser haben. Mit einem Trick hat er 50000 Dollar von ihnen ergaunert. Lappmann muß untertauchen, und der Zufall scheint ihm dabei zu helfen: Auf dem Flughafen von Malaga findet er eine Brieftasche mit Ausweispapieren auf den Namen Fischer. Lappmann sieht diesem Mann auf dem Paßfoto täuschend ähnlich, und deshalb schlüpft er in seine Rolle. Weil Fischer aus der Großstadt kommt, in der Locke und Tom wohnen, taucht auch der Erpresser Lappmann dort auf. Er weiß nicht, daß Fischer ebenfalls in üble Machenschaften verwickelt ist und nicht nur von der Polizei gesucht wird, sondern auch von Locke und Tom.

Die Unheimlichen (Band 13)

In der Stadt geht die Angst um. In Straßenbahnen, U- und S-Bahnen werden immer wieder Bürger überfallen und beraubt. Haben die Gangster zugeschlagen, sind sie jedes Mal wie vom Erdboden verschluckt. Deshalb nennt man sie in der Stadt „Die Unheimlichen“. Sie ritzen ihren Opfern ein „T“ in die Haut. Warum? Wer sind die Täter? Als auch Locke überfallen wird, ist sie entschlossen, die Verbrecher zu entlarven. Selbstverständlich ist ihr Freund Tom mit Eifer dabei.

Im Geisterschloß der Menschenhändler (Band 14)

Eine Verbrecherbande raubt Babies. Die armen Kinder verschwinden spurlos – von gemeinen Menschenhändlern für viel Geld an Ehepaare verkauft, die sich sehnlichst Kinder wünschen, aber keine bekommen können. Der grausame Handel bringt Millionen, weil gesetzliche Adoptionen sehr schwierig sind. Als auch im Bekanntenkreis von Locke und Tom ein Baby auf geheimnisvolle Weise entführt wird, verfolgen die beiden hartnäckig eine heiße Fährte. Locke und Tom wissen nur, daß die Gangster irgendwo im Ausland sitzen, angelbich in einem geheimnisvollen Geisterschloß.

Bestimmt hat Dir das Abenteuer gefallen. Das ist doch wirklich eine aufregende Geschichte, oder nicht?

Auf den nächsten Seiten findest Du weitere tolle Produkte, die Du vielleicht noch nicht kennst!